I0557038

www.ingramcontent.com/pod-product-compliance
Lightning Source LLC
Chambersburg PA
CBHW072046170626
46811CB00008B/3184

* 9 7 8 1 0 0 5 4 3 0 6 7 2 *

# الحمال والجميلات

القصة الثالثة
من قصص ألف ليلة وليلة

جمع وتحرير: رأفت علام

مكتبة المشرق

صدر في يوليو 2018 عن مكتبة المشرق – مصر

# الفصل الأول: نهارٌ مبارك

كان ياما كان، في قديم الزمان، فإنه كان رجل قوي يعيش في بغداد يسمى علام ويعمل حمالًا. وذات يوم، وبينما هو في السوق منتظرًا الرزق، متكئًا على قفصه، وقفت أمامه امرأة جميلة برداء موصلي من حرير مزركش بالذهب، رفعت نقابها، فتجلت من تحته عيون سوداء بأهداب وأجفان، وهي ناعمة الأطراف كاملة الأوصاف. قالت المرأة بحلاوة لفظها:

- أيها الحمال، احمل قفصك واتبعني.

فحمل الحمال القفص وتبعها إلى أن وقفت على باب دار، فطرقت الباب فنزل له رجل نصراني، فأعطته دينارًا وأخذت منه مقدارًا من الزيتون وضعته في القفص..

وقالت له:

- احمله واتبعني.

ابتسم الحمال وقال:

- هذا والله نهار مبارك.

ثم حمل القفص وتبعها فوقفت عند دكان الفاكهاني واشترت كميات كبيرة من أصناف الفاكهة الطازجة ووضعتها في قفص الحمال، وقالت له:

- احمل..

فحمل وتبعها ينظر إليها ويتعجب من جمال قدها وعودها، حتى وقفت عند الجزار، وقالت له:

- أريد عشرة أرطال من اللحم..

فقطع لها، فوضعته في القفص، وقالت له:

- احمل يا حمال.

فحمل وتبعها، إلى أن وقفت عند دكان الحلواني واشترت طبقًا وملأته بما عنده من مشبك وقطايف ولقيمات القاضي ووضعته في الطبق ثم في القفص. نظر الحمال إلى القفص الذي امتلأ وزاد وزنه وقال:

- لو أعلمتني، لجئت معي ببغل أحمل عليه هذه الأحمال.

تبسمت المرأة وظهر سنها، فزاد نشاط الحمال وابتسم لها، فقالت:

- هيا، اتبعني يا رجل..

ثم وقفت عند العطار، واشترت منه كثير من ألوان العطارة وأصنافها، ثم وضعتها في القفص وقالت للحمال:

- احمل قفصك واتبعني، فقد انتهينا وسنذهب إلى البيت.

فحمل القفص وتبعها إلى أن أتت دارًا كبيرة، أمامها رحبة فسيحة، وهي عالية البنيان مشيدة الأركان بابها صنع من الأبنوس مصفح بصفائح الذهب الأحمر.

وقفت الصبية عند الباب، ودقت دقًا لطيفًا، وإذا بالباب انفتح بشقيه.

نظر الحمال إلى من فتح لها الباب فوجدها صبية رشيقة القد قاعدة النهد ذات حسن وجمال واعتدال وجبين كثغرة الهلال وعيون كعيون الغزلان وحواجب كهلال

رمضان وخدود مثل شقائق النعمان وفم كخاتم سليمان ووجه كالبدر في الإشراق ونهدين كرمانتين. فلما نظر الحمال إليها، سلبت عقله وكاد القفص أن يقع من فوق رأسه. ثم قال:

- ما رأيت عمري أبرك من هذا النهار.

فقالت الصبية البوابة للدلالة والحمال:

- مرحبًا تفضلا..

دخل معها الحمال والدلالة ومشوا حتى انتهوا إلى قاعة فسيحة مزركشة مليحة ذات تراكيب وأثاث ومصاطب وستائر وخزائن وأبواب، وفي وسط القاعة، سرير من المرمر، مرصع باللؤلؤ والجوهر، منصوب عليه ناموسية من الأطلس الأحمر، وعلى السرير، رأى الحمال صبية بعيون بابلية، وقامة ألفية، ووجه يُخجل الشمس المضيئة، فكأنها بعض الكواكب الدرية أو عقيلة عربية.

نهضت الصبية الثالثة من فوق السرير ومشت إلى أن صارت في وسط القاعة عند أختيها وقالت:

- يا أختاي، لم تقفان هكذا؟ هيا، أنزلا هذا الحمل الثقيل عن رأس هذا الحمال المسكين.

فجاءت الدلالة من قدامه والبوابة من خلفه، وساعدتهما الثالثة وأنزلن عن الحمال، وأفرغن ما في القفص، ووضعوا كل شيء في محله، ثم أعطت الدلالة الحمال دينارين، وقالت له مشيرة إلى باب البيت:

- شكرًا لك يا حمال.

فنظر إلى البنات وما هن فيه من الحسن والطبائع الحسان فلم ير أحسن منهن، ولكن لم يجد معهم رجالاً. ثم نظر ما عندهن من الشراب والفواكه وغير ذلك، فتعجب غاية العجب وتراجع عن الخروج، فقالت له الصبية:

- ما بالك لا تذهب؟ هل تريد أن تزيد من أجرتك؟

والتفتت إلى أختها، وقالت لها:

- أعطيه دينارًا آخر.

فقال الحمال:

- والله يا سيداتي أنا ما استقللت الأجرة، وإنما انشغل قلبي وعقلي بكن، وكيف حالكن، وأنتن وحدكن، وما عندكن رجال ولا أحد يؤانسكن، وأنتن تعرفن أن المنارة لا تثبت إلا على أربعة أوتاد، وليس لكن رابع، وما يكمل حظ النساء إلا بالرجال كما قال الشاعر:

انظر إلى أربعٍ عندي قد اجتمعت جَنك وعود وقانون ومزمار

وأنتن ثلاثة فتفتقرن إلى رابع يكون رجلاً عاقلاً لبيبًا حاذقًا وللأسرار كاتمًا.

فقلن له:

- نحن نساء، ونخاف أن نودع السر عند من لا يحفظه، وقد قرأنا في الأخبار شعرًا:

صُن عن سواك السر لا تودعنه من أودع السر فقد ضيعه

فلما سمع الحمال كلامهن، فكر مليا ثم قال:
- وحياتكن، أني رجل عاقل أمين قرأت الكتب وطالعت التواريخ، أظهر الجميل وأخفي القبيح وأعمل بقول الشاعر:
لا يكتم السر إلا كل ذي ثقة والسر عند خيار الناس مكتوم
السر عندي في بيت له غلق ضاعت الفاتحة والباب مختوم
فلما سمعت البنات الشعر وما أبداه من الكلام، اجتمعن وتشاورن وقالت الدلالة:
- يا أختي، نكف عنه فوالله ما قصـــر اليوم معنا ولو كان غيره، ما طول روحه علينا، فلندعه معنا لعلنا نضحك ونتسلى بكلامه.
ففرح الحمال وقال:
- أنا والله أحببت صحبتكن.
فقلن له:
- إذن، فلتبق معنا.
وقامت الدلالة وشدت وسطها وصبت القناني وأحضرت ما يحتاجون إليه، ثم قدمت وجلســـت هي وأختيها وجلس الحمال بينهن، وهو يظن أنه يحلم. ولم يزل الحمال معهن في عناق وتقبيل، وهذه تكلمه وهذه تجذبه وهو معهن حتى لعبت الخمر بعقولهم. فلما تحكم الشراب فيهم، قامت البوابة فخلعت ثيابها حتى أصبحت عارية تمامًا، ثم نزلت في تلك البحيرة ولعبت في الماء وأخذت الماء في فمها وبخت الحمال ثم غسلت أعضاءها وما بين فخذيها ثم طلعت من الماء ورمت نفسها في حجر الحمال وقالت له في غنج ودلع:
- يا حبيبي، ما اسم هذا وأشارت إلى فرجها.
نظر إلى حيث أشارت، فطار عقله، وغاب وعيه، وابتسم في خبث ثم قال:
- هذا يسمى رحمك.
فقالت مبتسمة:
- يوه.. ألا تستحي؟؟
ثم ضربته على قفاه، ضربة قوية.. انتفض الحمال وآلمته الضربة فقال:
- إذن فهو فرجك..
ضربته ضربة أخرى، وقالت:
- أخطأت ثانيةً..
فقال: كسك.
فضربته وقالت: غيره.
فقال:
- زنبورك.
فلم تزل تضربه حتى ذاب قفاه ورقبته من الضرب، ثم قال:
- آلمتني من أجل هذا، وما اسمه؟؟
فقالت له:
- هذا اسمه "حبك الجسور" وأنا اسمي "جسور".

تعجب الحمال وقال:

- الحمد لله على السلامة يا "حبك الجسور".

ثم أنهم أداروا الكؤوس. فقامت الثانية وخلعت ثيابها ونزلت في تلك البحيرة وفعلت ما فعلته الأولى، ثم خرجت ورمت نفسها في حجر الحمال، وأشارت إلى فرجها وسألته في دلع:

- نور عيني، ما اسم هذا؟

قال الحمال وقد بدأ يظن أنهم مجنونات:

هذا فرجك.

فقالت له:

- ما أقبح هذا الكلام.

وضربته على قفاه!! فكر الحمال وقال:

- إذن فهو حبك الجسور.

فقالت له:

- لا،

سأم الحمال الضرب فسألها:

- وما اسمه؟

فقالت له:

- "السمسم المقشور" وأنا اسمي "سمسم".

ثم قامت الثالثة وخلعت ثيابها، ونزلت إلى البحيرة، وفعلت مثل من قبلها، ثم خرجت وألقت نفسها في حجر الحمال وقالت له أيضًا:

- ما اسم هذا؟

وأشارت إلى فرجها، فصار يقول لها كذا وكذا إلى أن قال لها وهي تضربه، حتى قال:

- وما اسمه؟

فقالت:

- "خان أبي منصور" وأنا اسمي "خان".

وبعد ساعة، قام الحمال، ونزع ثيابه ونزل البحيرة وعضوه يسبح في الماء، وغسل مثل ما غسلن. ثم طلع ورمى نفسه في حجر "جسور" ورمى ذراعيه في حجر "سمسم" ورمى رجليه في حجر "خان"، ثم أشار إلى عضوه الذكري، وقال:

- يا سيداتي، ما اسم هذا؟

فضحكن على كلامه حتى انقلبن على ظهورهن من الضحك وقلن:

- عضوك؟

قال:

- لا..

وأخذ من كل واحدة عضة، فقلن:

- أيرك؟

قال:

- لا،

وأخذ من كل واحدة حضنًا.

ومازال يقبل ويعانق، وهن يتضاحكن إلى أن قلن له:

- وما اسمه؟

ابتسم الحمال وقال:

- اسمه "البغل الجسور" الذي ربط "حبك الجسور" ولعق "السمسم المقشور" وبات في "خان أبي منصور"..

فضحكن حتى استلقين على ظهورهن.. ثم عادوا إلى منادمتهم.. ولم يزالوا كذلك إلى أن أقبل الليل عليهم.. فقلن للحمال:

- هيا يا حمال، فلتغادر فقد حل الليل.

فقال الحمال:

- والله إن خروج الروح أهون علي من الخروج من عندكن، دعونا نصل الليل بالنهار وفي الصباح، كل منا يروح في حال سبيله.

فقالت لهن "سمسم" الدلالة:

- بحياتي عندكن، لتدعنه ينام عندنا.. نضحك عليه، فإنه خليع ظريف.

فقلن له:

- تبيت عندنا بشرط واحد، أيا كان ما ستراه، فلا تسأل عنه ولا عن سببه، هل توافق؟.

فقال متعجبًا:

- نعم أوافق.

فقلن:

- فقم واقرأ ما هو مكتوب على ذلك الباب.

فقام إلى الباب فوجد مكتوبًا عليه بماء الذهب:

- لا تتكلم فيما لا يعنيك، فيجري لك ما لا يرضيك.

فقال الحمال:

- اشهدكن أنني لن أتكلم فيما لا يعنيني.

ثم قامت "سمسم" الدلالة، وجهزت لهم الطعام، ثم أوقدوا الشمع والعود مكثوا يأكلون ويشربون.. وإذا بهم سمعوا دق الباب، فلم يختل نظامهم، وقامت واحدة منهن إلى الباب ثم عادت وقالت:

- يا إخوتي، لقد كمل صفاؤنا في هذه الليلة لأني وجدت بالباب ثلاثة رجال أظنهم من العجم، ذقونهم محلوقة وهم عور بالعين الشمال، وهم أناس غرباء قد حضروا من أرض بعيدة، ولكل واحد منهم شكل وصورة مضحكة، فإن دخلوا نضحك عليهم.

ولم تزل تتلطف بصاحبتيها حتى قالتا لها:

- دعيهم يدخلون واشـــترطي عليهم أن لا يتكلموا فيما لا يعنيهم فيجري لهم ما لا يرضيهم.
ففرحت وذهبت، ثم عادت ومعها الثلاثة العور ذقونهم محلوقة وشـواربهم مبرومة ممشوقة وهم صعاليك، فسلموا.. فقامت لهم البنات وأقعدوهم.. فنظر الرجال الثلاثة إلى الحمال فوجدوه سكران فلما عاينوه ظنوا أنه منهم فسألوا:
- أهو صـعلوك مثلنا يؤانسـنا؟؟ فلما سـمع الحمال هذا الكلام قام وقلب عينيه وقال لهم:
- اقعدوا بلا فضول أما قرأتم ما على الباب؟
فضحك البنات وقلن لبعضهن:
- إننا سـنضـحك على الصـعاليك والحمال، ثم وضـعن الأكل للصـعاليك فأكلوا ثم جلسوا يتنادمون و"خان" تسقيهم. ولما دارت الكؤوس بينهم، قال الحمال للصعاليك:
- يا إخواننا هل معكم حكاية أو نادرة تسلوننا بها؟
فطلبوا آلات اللهو فأحضـــرت لهم "خان" البوابة عودًا عراقيًا وجنكًا عجميًا، فقام الصـــعاليك واقفين وأخذ واحد منهم الدف، وأخذ واحد العود، وأخذ واحد الجنك وبدأوا العزف، وغنت البنات وصار لهم صوت عال.
وبينما هم كذلك، وإذا بطارق يطرق الباب، فقامت "خان" البوابة لتنظر من بالباب وكان السـبب في دق الباب أن في تلك الليلة نزل هارون الرشـيد لينظر ويسـمع ما يتجدد من الأخبار هو وجعفر وزيره، وكان من عادته أن يتنكر في أشـكال التجار، فلما نزل تلك الليلة ومشـــى في المدينة، جاءت طريقهم على تلك الدار فســمعوا العزف والغناء، فقال الخليفة لجعفر:
- هؤلاء قوم قد دخل السـكر فيهم ونخشـى أن يصـيبنا منهم شـر، ولكن لا بد من دخولنا وأريد أن نحتال حتى ندخل عليهم..
فقال جعفر:
- سـمعًا وطاعةً. ثم تقدم جعفر وطرق الباب فخرجت "خان" البوابة وفتحت الباب، فقال لها جعفر:
- يا سـيدتي، نحن تجار من طبرية، ولنا في بغداد عشـرة أيام ومعنا تجارة، ونحن نسكن في خان التجار. والليلة، دعانا تاجر كبير على العشـاء، فدخلنا عنده وقدم لنا طعامًا فأكلنا ثم تنادمنا عنده سـاعة، ثم أذن لنا بالانصـراف، فخرجنا بالليل ونحن غرباء، فضـللنا طريقنا إلى الخان الذي نسـكن فيه، فنرجو من مكارمكم أن تدخلونا هذه الليلة نبيت عندكم، ولكم الثواب.
فنظرت البوابة إليهم فوجدتهم في هيئة التجار، وعليهم الوقار، فدخلت لصـــاحبتيها وشاورتهما فقالتا لها:
- أدخليهم.
فرجعت وفتحت لهم الباب، فقالا:
- لا ندخل إلا بإذنك.
قالت:

- ادخلا..

فدخل الخليفة وجعفر.. فلما دخلوا على المجلس، قامت لهم خان وسمسم، وخدمنهم وقلن:

- مرحبًا وأهلاً وسهلاً بضيوفنا، ستبيتون ليلتكم عندنا على الرحب والسعة، ولنا عليكم شرط، أن لا تتكلموا فيما لا يعنيكم فيجري لكم ما لا يرضيكم.

قالا:

- نعم، نوافق.

وبعد ذلك جلسوا جميعًا للشراب والمنادمة، فنظر الخليفة إلى الصعاليك الثلاثة فوجدهم عور العين اليسرى، فتعجب منهم، ونظر إلى الثلاث نساء، وما هم فيه من الحسن والجمال فتحير وتعجب أكثر وأكثر، واستمر في المنادمة والحديث.. وأتين الخليفة بشراب فقال:

- أنا حاج، وانعزل عن الشراب فاعذرنني.

قامت "خان" فقدمت للخليفة ورفيقة الطعام والشراب، فأكلا وشربا، ثم مكث الجميع في حديث وشرب، فلما تحكم الشراب قامت "جسور" صاحبة البيت، ثم أخذت بيد "سمسم" الدلالة وقالت:

- هيا يا أختي، قومي ونفعل ما نفعل.

فقالت "سمسم":

- نعم، هيا.

فعند ذلك قامت "سمسم" وأخرجت الصعاليك خلف الأبواب وذلك بعد أن أخلت وسط القاعة، ثم نادين الحمال وقلن له:

- ما أقل مودتك ما أنت غريب بل أنت من أهل الدار.

فقام الحمال وشد أوسطه وقال:

- ماذا تردن مني أن أفعل؟

ثم قامت "سمسم" الدلالة وقالت للحمال:

- هيا يا رجل، فلتساعدني..

فرأى كلبتين من الكلاب السود في رقبتيهما جنازير، فأخذهما الحمال ودخل بهما إلى وسط القاعة فقامت "جسور" صاحبة المنزل وشمرت عن معصميها وأخذت سوطًا، وقالت للحمال:

- قرب مني كلبة منهما..

فجر الحمال إحدى الكلبتين في الجنزير وقدمها ل"جسور" والكلبة تبكي وتحرك رأسها إلى الصبية، فنزلت عليها "جسور" بالضرب على رأسها، والكلبة تصرخ وما زالت تضربها حتى كلت سواعدها، فرمت السوط من يدها ثم ضمت الكلبة إلى صدرها ومسحت دموعها، وقبلت رأسها ثم قالت للحمال وأنفاسها تتلاحق:

- ردها وهات الثانية..

فجاء بها وفعلت بها مثل ما فعلت بالأولى. فعند ذلك اشتعل قلب الخليفة وضاق صدره وغمز جعفر أن يسألها، فقال له جعفر بالإشارة:

- اسكت.

ثم التفتت "جسور" صاحبة البيت لـ"خان" البوابة وقالت لها:

- قومي لقضاء ما عليك.

ردت "خان":

- نعم، في الحال.

ثم صعدت صاحبة البيت على سرير من المرمر مصفح بالذهب والفضة، وقالت لـ "خان" البوابة و"سمسم "الدلالة:

- ائتيا بما عندكما.

فأما "خان" فإنها صعدت على سرير بجوارها، وأما "سمسم" فقد دخلت غرفة مجاورة وأخرجت منه كيسًا من الأطلس ووقفت أمام "جسور" صاحبة المنزل ونفضت الكيس وأخرجت منه عودًا وعالجت أوتاره، وأنشدت هذه الأبيات:

ردوا على جفني النوم الذي سلبا وخبروني بعقلي آية ذهبا
علمت لما رضيت الحب منزلة إن المنام على جفني قد غصبا
قالوا عهدناك من أهل الرشاد فما أغواك قلت اطلبوا من لحظة السببا
إني له عن دمي المسفوك معتذر أقول حملته في سفكه تعبا
ألقى بمرآة فكري شمس صورته فعكسها شب في أحشائي اللهبا
من صاغه الله من ماء الحياة وقد أجرى بقيته في ثغره شنبا
ماذا ترى في محب ما ذكرت له إلا شكى أو بكى أو حن أو أطربا
يرى خيالك في الماء الذلال إذا رام الشراب فيروى وهو ما شربا

وأنشدت أيضًا:

سكرت من لحظه لا من مدامته ومال بالنوم عن عيني تمايله
فما السلاف سلتني بل سوالفه وما الشمل شلتني بل شمائله

فلما سمعت الصبية "خان" ذلك، قالت:

- طيبك الله،

ثم شقت ثيابها ووقعت على الأرض مغشيًا عليها، فلما نكشف جسدها رأى الخليفة أثر ضرب المقارع والسياط فتعجب من ذلك غاية العجب، فقامت "خان" البوابة، ورشت الماء على وجهها، وأتت إليها بحلة وألبستها إياها، فقال الخليفة لجعفر:

- أما تنظر إلى هذه المرأة وما عليها من أثر الضرب؟؟ فأنا لا أقدر أن أسكت على هذا ولن أستريح إلا إن وقفت على حقيقة خبر هذه الصبية.. وحقيقة خبر هاتين الكلبتين.

فقال جعفر:

- يا مولاي، قد شرطن علينا شرطًا، وهو أن لا نتكلم فيما لا يعنينا فيجري لنا ما لا يرضينا.

وفقال الصعاليك:

- ليتنا ما دخلنا هذه الدار، وكنا قضينا ليلتنا في الخرابة، فقد تكدر مبيتنا هنا بشيء يقطع القلب.

فالتفت الخليفة إليهم وقال لهم:

- لم ذلك؟

قالوا:

- قد انشغلت عقولنا بهذا الأمر العجيب.

فقال الخليفة:

- ألستم من أهل هذا البيت؟؟

قالوا:

- لا، وقد ظننا صاحب هذا البيت هو الرجل الذي بجوارك.

فقال الحمال:

- والله ما رأيت هذا البيت ولا لأعرف صــاحباته إلا هذه الليلة.. ويا ليتني بت في الخرابة ولم أبت فيه.

قال الجميع:

- نحن سبعة رجال وهن ثلاث نسوة، فلنسـألهن عن حالهن. فإن لم يجبننا، طوعًا، أجبننا كرهًا.

واتفق الجميع على ذلك، فقال جعفر:

- لا أجد هذا رأي سـديد، دعوهن فنحن ضـيوف عندهن، وقد شـرطن علينا شرطًا فيجب علينا أن نوفي به، ولم يبق من الليل إلا القليل.. وكل منا يمضـــي إلى حال سبيله.

ثم غمز الخليفة وقال: ما بقي إلا ســاعة، وفي الغد أحضـرهن بين يديك، فتسـألهن عن قصتهن.

فأبى الخليفة وقال:

- لم يبق لي صبر حتى أعرف حكايتهن.

واستمر هذا النقاش حين من الوقت حتى قالوا:

- ومن يسألهن؟؟

فقال بعضهم:

- الحمال يسألهن، فهو أقربنا منهن..

وهنا قالت النساء:

- يا جماعة، في أي شيء تتناقشون، لعله خير.

فقال الحمال لصاحبة البيت مترددًا:

- يا سيدتي، سألتك بالله عليك أن تخبرينا عن حال الكلبتين، وأي سبب تعاقبيهما ثم تحتضـنيهما وتبكين وتقبليهما.. وأن تخبرينا عن سبب آثار ضـرب أختك بالمقارع على جسدها.

صمتت صـاحبة المكان وطأطأت رأسـها ثم رفعت رأسها موجهه كلامها للرجال قائلة:

- هل يتكلم هذا الرجل عنكم؟

فقال الجميع:

- نعم.

إلا جعفر فإنه سكت. فقالت في غضب:

- والله لقد آذيتمونا يا ضيوفنا، الأذية البالغة، ونسيتم أننا شرطنا عليكم أن من تكلم فيما لا يعنيه، يجري له ما لا يرضيه، ألا يكفيكم أننا استضفناكم في منزلنا، وأطعمناكم زادنا؟

ثم شمرت عن معصمها وضربت الأرض ثلاث ضربات وصاحت في غضب شديد:

- هيا يا زبانية، عجلوا.

وإذا بباب خزانة قد فتح، وخرج منها سبعة عبيد بأيديهم سيوف مسلولة.. وقالت:

- قيدوا هؤلاء الرجال الذين كثر كلامهم.. واربطوا بعضهم ببعض..

فقيدوهم وأحكموا رباطهم، ثم قال كبيرهم:

- اسمحي لنا في ضرب رقابهم.

فقالت:

- أمهلوهم ساعة حتى أسألهم عن حالهم قبل ضرب رقابهم.

فقال الحمال:

- بالله عليك يا سيدتي، لا تقتليني بذنب الغير، فإن الجميع أخطأوا، ودخلوا في الذنب، إلا أنا والله لقد كانت ليلتنا طيبة لو سَلِمنا من هؤلاء الصعاليك الذين إذا دخلوا مدينة عامرة لخربوها.

ثم أنشد يقول:

ما أحسن الغفران من قادر لا سيما عن غير ذي ناصر

بحرمة الود الذي بيننا لا تقتلي الأول بالآخر

فلما أنهى الحمال كلامه، ضحكت جسور بعد غيظها، أقبلت على الرجال المقيدين وقالت:

- أخبروني بحكاياتكم فما بقي من عمركم إلا ساعة.

فقال الخليفة:

- ويلك يا جعفر عرفها من نحن وإلا قتلتنا.

فقال جعفر في غضب:

- إن هذا من بعض ما نستحق.

فقال له الخليفة:

- يا ملعون، لا ينبغي الهزل في وقت الجد.

وهنا أقبلت جسور على الصعاليك، وسألتهم:

- هل أنتم أخوة؟

فقالوا:

- لا والله، ما نحن إلا ثلاث غرباء عرفنا بعضنا البعض منذ ليلة.

فسألت أولهم:

- هل أنت وُلِدت أعورًا؟

فقال:

- لا والله، وإنما حدث لي أمر غريب حيث أضـــاع عيني.. ولهذا الأمر حكاية عجيبة.

فسألت الثاني والثالث فقالا لها مثل الأول ثم قالوا:

- أن كل منا من بلد وأن حديثنا عجيب وأمرنا غريب.

فالتفتت الصبية لهم، وقالت:

- فليحك كل منكم حكايته وما سبب مجيئه إلى هنا، ثم يذهب إلى حال سبيله. فأول من تقدم الحمال، فقال:

- يا سيدتي أنا رجل حمال في الأسواق، استأجرتني هذه الدلالة في الصباح وأتت بي إلى هنا، وجرى لي معكم ما جرى، وهذا حديثي والسلام..

فقالت:

- اذهب يا حمال إلى حال سبيلك..

تلفت الحمال حوله ثم قال:

- والله ما أبرح حتى أسمع حديث رفاقي.

# الفصل الثاني: الأخ وأخته

تقدم الصعلوك الأول، وبدأ حكايته فقال:

- يا سيدتي، إن سبب حلق ذقني وتلف عيني أن والدي كان ملكًا، وكان أخوه ملكًا على مدينة أخرى.. واتفق أن أمي ولدتني في اليوم الذي ولد فيه ابن عمي. ثم مضت سنوات وأعوام حتى كبرنا.. وصرنا شبابًا، فكنت أزور عمي في بعض السنين، وأقعد عنده أشهر عديدة.. وذات يوم، وصلت إلى مدينة عمي، فرحب بي ابن عمي، وأكرمني غاية الإكرام، وذبح لي الأغنام، وروق لي المدام، وجلسنا للشراب فلما تحكم الشراب فينا، همس لي ابن عمي قائلاً:

- يا ابن عمي، إن لي عندك حاجة مهمة، فاستوثق مني بالأيمان العظام..

نظرت إليه وقلت:

- أنا في خدمتك يا أخي..

فقام في ساعته وغاب قليلاً، ثم عاد وخلفه امرأة مزينة مطيبة، وعليها من المجوهرات ما يساوي مبلغًا عظيمًا.

فالتفت إلي والمرأة خلفه، وقال:

- خذ هذه المرأة واسبقني على المقابر الفلانية.

ووصفها لي فعرفتها، وقال:

- ادخل بها إلى التربة.. وانتظرني هناك.

فلم يمكنني المخالفة، ولم أقدر على رد سؤاله لأنه استوثق في بالأيمان العظام، فأخذت المرأة وسرت إلى أن دخلت التربة أنا وإياها.. فلما استقر بنا المقام، وصل ابن عمي ومعه إناء فيه ماء وجوال فيه جبس، ومطرقة.. ثم إنه أخذ المطرقة وتوجه إلى قبر في وسط التربة، ففكه ونقض أحجاره إلى ناحية التربة، ثم حفر بالمطرقة في الأرض، حتى كشف الباب فظهر من خلف الباب سلم. ثم ألتفت ابن عمي إلى المرأة وقال لها:

- دونك وما تختارين به..

فنزلت المرأة على ذلك السلم، ثم ودعني ابن عمي وشكرني ثم قال:

- تمم المعروف إذا نزلت أنا، فرد الباب، ثم اردمه بالتراب كما كان، وهذا تمام المعروف، وهذا الجبس الذي في الجوال وهذا الماء الذي في الإناء، فأعجن منه الجبس وجبس القبر في دائر الأحجار كما كان. حتى لا يعرفه أحد، ولا يقال إن القبر فُتِح قريبًا.. ثم تطيينه كأنه فُتِح من سنة كاملة، ولا يعلم إلا الله أن هذه حاجتي عندك.

لم يعطني ابن عمي فرصة لأسأله عن غرضه من كل ذلك فقبل يدي وودعني وأوصاني، ثم نزل على السلم. فلما غاب عني قمت ورددت الباب وفعلت ما أمرني به حتى صار القبر كما كان. ثم رجعت إلى قصر عمي، وكان عمي في رحلة صيد، فنمت تلك الليلة.. فلما أصبح الصباح، تذكرت الليلة الماضية وما جرى فيها بيني وبين ابن عمي، وندمت على ما فعلت معه حيث لا ينفع الندم، ثم خرجت إلى

المقابر وفتشـــت على التربة فلم أعرفها.. ولم أزل أفتش حتى أقبل الليل، ولم أهتد إليها.. فرجعت إلى القصر لم آكل ولم أشرب وقد انشغل خاطري بابن عمي الذي حيث لا أعلم له حالاً. فاغتممت غمًا شديدًا، وبت ليلتي مغمومًا إلى الصباح فذهبت ثانيةً إلى المقابر وأنا أتســاءل فيما فعله ابن عمي. وندمت على تنفيذ رغبته، وقد فتشت في الترب كلها، فلم أجد تلك التربة، ولم أمل التفتيش سبعة أيام فلم أعرف له طريقًا. فزاد في عقلي الوسـواس حتى كدت أن أجن، فلم أجد فرجًا حتى سـافرت، فرجعت إلى بلدي، وعند وصــولي إلى مدينة أبي، قبض علي جماعة عند باب المدينـة وقيدوني، فتعجبت كل العجب إني ابن ســلطـان المدينـة وهم خدم أبي وغلماني. ثم بعد حين قال لي بعضهم وكان خادمًا عندي:

- إن أباك قد غدر به الزمان، وخانته العساكر، وقتله الوزير، ونحن نترقب قدومك إلى المدينة منذ أيام..

أخذوني وأنا غائب عن الدنيا بسـبب هذه الأخبار التي سـمعتها عن أبي. أدخلوني إلى البلاط مثلت بين يدي الوزير الذي قتل أبي وكان بيني وبينه عداوة قديمة. وسـبب تلك العداوة أني كنت مولعًا بالصـيد. وذات يوم، كنت واقفًا على سـطح القصـر، وإذا بطائر نزل على سـطح قصـر الوزير وكان واقفًا هناك، فأردت أن أضرب الطير، فأخطأت التصويب وأصبت عين الوزير، فأتلفتها بالقضـاء والقدر كما قال الشاعر:

دع الأقدار تفعل ما تشاء وطب نفسًا بما فعل القضاء
ولا تفرح ولا تحزن بشيء فإن الشيء ليس له بقاء

وكما قال الآخر:

مشينا خطا كتبت علـينـا ومن كتب عليه خطًا مشاهـا
ومن كانت منيتـه بـأرض فليس يموت في أرض سواها

ثم قال الصعلوك:

- فلمـا أتلفـت عين الوزير، كتم غيظـه، ولم يقدر أن يتكلم لأن والـدي كـان ملـك المدينة، فهذا ســبب العداوة التي بيني وبينه.. فلما وقفت بين يديه، وأنا مقيد أمر بضرب عنقي.. فقلت في خوف:

- أتقتلني بغير ذنب؟

فأشار إلى عينه التالفة وقال:

- أي ذنب أعظم من هذا؟؟

فقلت له:

- أنت تعرف أنني فعلت ذلك خطأ، ولم أقصد أن أصيبك.

فقال وقد اشتعلت نيران غضبه:

- إن كنت فعلته خطأً، فأنا أفعله بك عمدًا..

ثم صاح:

- قربوه بين يدي.

فحملوني إليه، فأدخل إصـبعه في عيني الشـمال، فأتلفها. وأنا أصـرخ من الألم والحسرة، فصرت من ذلك الوقت أعورًا كما تروني، ثم أمر رجاله فأحكموا قيدي، ووضعوني في صندوق، وقال للسياف:

- تسـلم هذا وأشـهر حسـامك، وخذه واذهب به إلى خارج المدينة، ثم اقتله ودعه للوحوش، تأكله..

فذهب بي السياف وسار حتى خرج من المدينة، وأخرجني من الصندوق وأنا مقيد اليدين والرجلين، وأراد أن يغمي عيني ويقتلني فبكيت وأنشدت هذه الأبيات:

جعلتكموا درعًا حصينًا لتمنعوا سهام العدا عني فكنتم نصالها

وكنت أرجي عند كل ملمة تخص يميني أن تكون شمالها

دعوا قصة العذال عني بمعزل وخلوا العدا ترمي إلي نبالها

إذا لم تقوا نفسي مكايدة العدا فكونوا سكوتًا لا عليها ولا لها

وأنشدت أيضاً هذه الأبيات:

وإخوان اتخذتـهـم دروعًا فكانوها ولكن لـلأعـادي

رحلتهم سهامًا صائبات فكانوا ولكن فـي فـؤادي

وقالوا قد سعينا كل سعي لقد صدقوا ولكن في فسادي

فلما سمع السياف شعري وكان سياف أبي ولي عليه إحسان، قال:

- يا سيدي، ماذا أفعل وأنا عبد مأمور..

ثم قال لي:

- فر بعمرك ولا تعد إلى هذه المدينة فتهلك وتهلكني معك.

فلما قال ذلك، قبلت يديه وما صـدقت حتى فررت، وهان علي تلف عيني بنجاتي من القتل، وسـافرت حتى وصـلت إلى مدينة عمي فدخلت عليه وأعلمته بما حدث لوالدي، وبما حدث لي من تلف عيني وأنني كدت أقتل، فبكى بكاء شديدًا، وقال:

- لقد زدتني همًا على همي وغمًا على غمي، فإن ابن عمك غائب منذ أيام ولا أعلم بما حدث له، ولم يخبرني أحد بخبره.

وبكى حتى أغمي عليه، فلما استفاق قال:

- يا ولدي، لقد حزنت على ابن عمك حزنًا شديدًا، وأنت زدتني حزنًا بما حصل لك ولأبيك، غمًا.

لم أتمكن من السـكوت عن حكاية ابن عمي الذي هو ولده، فأعلمته بالذي حدث له كله، ففرح عمي فرحًا شديدًا عند سماع حكاية ابنه، وقال:

- يا ولدي، أسرع وأرني التربة.

فقلت:

- والله يا عمي لا أعرف مكانها، لأني رجعت بعد ذلك مرات عديدة لأفتش عنها، فلم أعرف مكانها.

قال عمي:

- فلنذهب معًا وسيهدينا الله إلى مكان التربة.

ثم ذهبت أنا وعمي إلى الجبانة، ونظرت يمينًا ويسارًا. وفجأة، عرفتها ففرحت أنا وعمي فرحًا شديدًا،

دخلت أنا وإياه التربة وأزحنا التراب.. ورفعنا الباب ونزلت أنا وعمي مقدار خمسين درجة. فلما وصلنا إلى آخر السلم وإذا بدخان طلع علينا فغشي أبصارنا، فقال عمي الكلمة التي لا يخاف قائلها وهي "لا حول ولا قوة إلا بالله العلي العظيم".

ثم مشينا وإذا نحن بقاعة ممتلئة دقيقًا وحبوبًا ومأكولات وغير ذلك، ورأينا في وسط القاعة ستارة مسدولة على سرير. فنظر عمي إلى السرير فوجد ابنه هو والمرأة التي نزلت معه صارا فحمًا أسودًا. وهما متعانقان كأنهما ألقيا في جب نار. تفاجأت من هول المنظر، ورجعت عدة خطوات إلى الخلف، اقترب عمي من السرير وبصق في وجهه، وقال:

- تستحق هذا يا خبيث، فهذا عذاب الدنيا وبقي عذاب الآخرة وهو أشد وأبقى..
ثم بدأ عمي في ضرب ولده المحترق بالنعال وهو راقد كالفحم الأسود، فتعجبت من ضربه وحزنت على ابن عمي حيث صار هو والصبية فحمًا أسود.. ثم قلت في تساؤل:

- بالله يا عمي، خفف الهم عن قلبك، فقد انشغل عقلي وخاطري بما قد حدث لولدك. وكيف صار هو والصبية فحمًا أسودًا؟؟! ألا يكفيك ما هو فيه حتى تضربه بالنعال.
تلاحقت أنفاس عمي ثم طأطأ رأسه وقال:

- يا ابن أخي، إن ولدي هذا كان منذ كان صـغيرا مولعًا بحب أخته. وكنت أنهاه عنها وأقول في نفسي إنهما صغيران. فلما كبرا، وقع بينهما القبيح.. وسمعت بذلك ولم أصدق. ولكنني زجرته زجرًا بليغًا وقلت له أحذر من هذه الأفعال القبيحة. التي لم يفعلها أحد قبلك ولن يفعلها أحد بعدك. وإلا يشـهر بنا بين الملوك بالعار والنقصان إلى الممات، وإياك أن تصدر منك هذه الأفعال، وإلا أسخط عليك، وأقتلك. ثم حجبته عنها وحجبتها عنه. وكانت الخبيثة تحبه محبةً عظيمةً وقد تمكن الشـيطان منها. فلما حجبته عنها، بنى ولدي الملعون هذا المكان، تحت الأرض الخفية. ونقل فيه الطعام والشراب كما تراه، واستغفلني عندما خرجت إلى الصيد، فاتفق مع أخته وأخذها إلى هذا المكان، فغار عليهما الحق سـبحانه وتعالى، فأحرقهما، ولعذاب الآخرة أشد وأبقى..
بكى عمي، وبكيت معه، وقال لي:

- أنت ولدي عوضًا عنه.
ثم أني تفكرت ساعة في الدنيا وحوادثها، من قتل الوزير لوالدي وأخذ مكانه، وتلف عينـي، ومـا حـدث لابـن عـمـي مـن الـحـوادث الـغـريـبـة. فبكيت لسـاعة كاملة، أخذ عمي بيدي وصـعدنا ورددنا الباب والتراب، وأرجعنا القبر كما كان. ثم رجعنا إلى القصر، فلم يستقر بنا المقام، حتى سـمعنا دق طبول وأبواق وامتلأت الدنيا بالعجاج والغبار من حوافر الخيل، فحـارت عقولنا ولم نعرف الخبر، فسأل الملك حاشيته عن الخبر، فقال له أحدهم:

- إن وزير أخيك الذي قتله جمع العسكر والجنود وجاء بجيشه ليهجموا على المدينة.. وأهل المدينة لم يكن لهم طاقة بهم، فسلموا إليه.

بكى عمي حتى بلل لحيته، ولعن الدنيا وما فيها. فقلت في نفسي:

- إن وقعت أنا في يده سيقتلني بلا شك.

وتراكمت الأحزان وتذكرت الحوادث التي حدثت لأبي وأمي، ولم أعرف ما العمل فإن ظهرت سيعرفني أهل المدينة، وعسكر أبي فيسعون في قتلي وهلاكي. فلم أجد شيئًا أنجو به إلا حلق لحيتي فحلقتها وغيرت ثيابي، وخرجت من المدينة متسللاً, وقصدت هذه المدينة لعل أحدًا يوصلني إلى أمير المؤمنين وخليفة رب العالمين.. حتى أحكي له قصتي، وما حدث لي فوصلت إلى هذه المدينة في هذه الليلة، فوقفت حائرًا لا أدر أين أمضي، وإذا بهذا الصعلوك واقف، فسلمت عليه وقلت له: أنا غريب أيضًا، فبينما نحن كذلك وإذا برفيقنا هذا الثالث جاءنا وسلم علينا، وقال: أنا غريب، فقلنا له ونحن غريبان، فمشينا وقد هجم علينا الظلام فساقنا القدر إليكم، وهذه حكايتي..

قالت جسور بعد أن سمعت الحكاية، وتعجبت أشد العجب:

- لقد أطلقت سراحك وعفوت عنك، فاذهب إلى حال سبيلك..

فقال لها:

- والله لا أبرح حتى أسمع حكاية هؤلاء.

فقال الخليفة لجعفر:

- والله أنا ما رأيت مثل الذي جرى لهذا الصعلوك،

# الفصل الثالث: القرد الذكي

تقدم الصعلوك الثاني، وقبل الأرض وقال:

- يا سيدتي، أنا لم أولد أعورًا، وإنما لي حكاية عجيبة جدًا، سأقصها عليك.

فأنا ملك ابن ملك، وقرأت القرآن على سبع روايات، وقرأت الكتب على أربابها من مشايخ العلم، وقرأت علم النجوم وكلام الشعراء، واجتهدت في سائر العلوم حتى فقت أهل زماني، فعظم حظي عند سائر الكتبة وشاع ذكري في سائر الأقاليم، والبلدان وشاع خبري عند سائر الملوك. فسمع بي ملكٌ في الهند، فأرسل يطلبني من أبي وأرسل إليه هدايا وتحفًا، فجهزني أبي في ست سفن، وأبحرنا في البحر مدة شهر كامل، حتى وصلنا إلى البر وأخرجنا حبلاً كانت معنا في المركب، وحملنا عشرة جمال بالهدايا، ثم مشينا نهارًا كاملاً، وإذا بغبار قد علا وثار، واستمر ساعة من النهار.. ثم انكشف من تحت الغبار ستون فارسًا، فتأملناهم وإذا هم قطاع طرق، فلما رأونا وعددنا قليل، ومعنا حمل عشرة جمال من الهدايا، توجهوا إلينا، ووجهوا رماحهم إلى صدورنا. فأشرنا إليهم وقلنا:

- نحن رسل إلى ملك الهند المعظم، فلا تؤذونا..

فقالوا:

- نحن لسنا في أرضه ولا تحت حكمه..

ثم إنهم هجموا علينا وقتلوا بعض الغلمان، وهرب الباقون.. وهربت أنا بعد أن جرحت جرحًا بليغًا، وانشغل عني الأشرار بالمال والهدايا التي كانت على الجمال. ضللت طريقي وأصبحت لا أدري إلى أين أذهب.. كنت عزيزًا فصرت ذليلاً..

وسرت إلى أن وصلت إلى رأس الجبل، فدخلت مغارة لأرتاح فيها حتى أشرقت الشمس. قمت ثم سرت حتى وصلت إلى مدينة عامرة بالخير وقد ولى عنها الشتاء ببرده، وأقبل عليها الربيع بورده. ففرحت بوصولي إليها وقد تعبت من المشي، وعلاني الهم والاصفرار فتغيرت حالتي ولا أدري أين أسلك. إلى أن رأيت إلى خياطًا في دكان، فسلمت عليه فرد علي السلام ورحب بي وسألني عن سبب غربتي، فأخبرته بما حدث لي من أوله إلى آخره. فاغتم لأجلي وقال:

- يا فتى، لا تظهر ما عندك، فإني أخاف عليك من ملك المدينة لأنه من أكبر أعداء أبيك وله عنده ثأر.

ثم أحضر لي طعامًا وشرابًا، فأكلت وأكل معي وتحادثت معه في الليل، وأخلى لي محلاً في جانب حانوته، وأتاني بما أحتاج إليه من فراش وغطاء، فأقمت عنده ثلاثة أيام، ثم قال لي:

- ألا تعرف صنعة تكسب بها قوتك؟

فقلت له:

- إني فقيه طالب علم كاتب حاسب.

فقال:

- إن صنعتك في بلادنا كاسدة وليس في مدينتنا من يعرف علمًا ولا كتابة.

فقلت:
- والله لا أعرف أن أفعل شيئًا غير الذي ذكرته لك.
فقال:
- شد وسطك، وخذ فأسًا وحبلاً، واحتطب في البرية حطبًا تتقوت بثمنه، إلى أن يفرج الله عنك.. ولا تعرف أحدًا بنفسك، فيقتلوك..
ثم اشترى لي فأسًا وحبلاً وأرسلني مع بعض الحطابين، وأوصاهم علي، فخرجت معهم واحتطبت فأتيت بحمل على رأسي، فبعته بنصف دينار فأكلت ببعضه وأبقيت بعضه.. ودمت على هذا الحال مدة سنة.
ثم بعد السنة، ذهبت يومًا على عادتي إلى البرية لأحتطب منها ودخلتها، فوجدت فيها خميلة أشجار فيها حطب كثير، فدخلت الخميلة، وأتيت شجرة وحفرت حولها وأزلت التراب عن جدارها فاصطكت الفأس في حلقة نحاس فنظفت التراب، وإذا بباب من خشب، ففتحته فظهر من تحته سلم، فنزلت إلى أسفل السلم، فرأيت بابًا فدخلته فرأيت قصرًا محكم البنيان، فصحت:
- هل من أحد هنا؟
ففوجئت بصبية كالدرة تزيل من القلب كل هم وغم وبلية. فلما نظرت إليها، سجدت لخالقها لما أبدع فيها من الحسن والجمال.. فنظرت إلي وقالت لي:
- إنسي أم جني.
فقلت لها:
- إنسي.
فقالت:
- كيف وصلت إلى هذا المكان؟ لقد قضيت هنا خمسة وعشرون سنة ولم أر إنسيًا.
فلما سمعت كلامها، وجدت له عذوبة وقلت لها:
- يا سيدتي، قادني الله إلى منزلك، ولعله يزيل همي وغمي.
وحكيت لها ما جرى لي من الأول إلى الآخر. فصعب عليها حالي وبكت.. وقالت:
- أنا الأخرى سأعلمك بقصتي. فاعلم أني بنت ملك في أقصى الهند صاحب جزيرة الآبنوس، وكان قد زوجني بابن عمي فاختطفني عفريت من الجن ليلة زفافي، اسمه جرجريس بن رجوس بن إبليس. فطار بي ووضعني في هذا المكان ونقل فيه كل ما أحتاج إليه من الحلي والحلل والقماش والطعام والمتاع والشراب. ومنذ ذلك الحين، فإنه يأتيني في هيئة رجل أعجمي مرة واحدة كل عشرة أيام، فيبيت عندي ليلة ويذهب في الصباح.. وعاهدني إذا حدث لي أي شيء واحتجت إليه، ليلاً أو نهارًا، أن ألمس بيدي هذين السطرين المكتوبين على تلك القبة، فلا ارفع يدي حتى أراه عندي. وآخر مرة كان هنا منذ أربعة أيام، وبقي له ستة أيام حتى يأتي. فهل لك أن تقيم عندي خمسة أيام، ثم تنصرف قبل مجيئه بيوم؟؟
فقلت:
- نعم، أقيم.

ففرحت ثم نهضت وأخذت بيدي وأدخلتني من باب إلى رواق وذهبت بي إلى حمام لطيف ظريف. فلما رأيته خلعت ثيابي وخلعت ثيابها، ودَخَلت فجَلَست على مرتبة وأجلستني بجوارها، وأتت بشراب لذيذ وسقتني، ثم قدمت لي طعاما لم أذق في حلاوته، وتحادثنا ثم قالت:

- نم واسترح فإنك مرهق من العمل. فنمت، وقد نسيت ما حدث لي كان نومي بجوارها يملأني قوةً ونشاطًا وقد دق قلبي لحبها، فلما استيقظت، وجدتها تدعك لي أقدامي، فدعوت لها، وجلسنا نتحادث ساعة، ثم قالت:

- والله إني كنت ضـيقة الصـدر وأنا تحت الأرض وحدي.. ولم أجد من يحدثني خمسة وعشرين سنة فالحمد لله الذي أرسلك إلي.

ثم أنشدت:

لو علمنا مجيئكم لفرشنا مهجة القلب أو سواد العيون
وفرشنا خدودنا والتقينا لكون المسير فوق الجفون

فلما سمعت شـعرها، شكرتها وقد تمكنت محبتها في قلبي، وذهب عني همي وغمي، ثم جلسـنا متعانقين إلى الليل. فبت معها ليلة ما رأيت مثلها في عمري وأصبحنا في غاية السرور.. فقلت لها متسائلاً:

- هل ترغبين في الخروج من تحت الأرض؟؟ فأريحك من هذا الجني؟ فضحكت وقالت:

- يا حبيبي، اقنع بنصيبك، ففي كل عشرة أيام يوم للعفريت، وتسعة لك..
فقلت وقد غلب علي الغرام:

- والله لا أرض لك ولا حتى ساعة في أحضان ذلك الملعون، سأكسر هذه القبة التي عليها النقش، لعل العفريت يأتي، فأقتله.
فلما سمعت كلامي أنشدت:

يا طالباً للفراق مهلاً بحيلة قد كفى اشتياق
اصبر فطبع الزمان غدر وآخر الصحبة الفراق

فلما سمعت شـعرها، لم ألتفت إلى كلامها.. بل ركلت القبة في قوة وغضب.
ارتاعت المرأة واتسعت عيناها في رعب وصاحت:

- سيصـل العفريت في الحال، ألم أحذرك من هذا، والله لقد آذيتني. ألم أقل لك أنه حفيد إبليس؟ إنه من أقوى الجن ولن تقدر عليه.. ولكن انج بنفسك واخرج من الباب الذي أتيت منه.

ارتفع صوت دقات قلبي حتى أصبحت أسمعها، ومن شدة خوفي، نسيت حذائي وفأسي عندها. فلما صعدت درجتين، التفتت أليها، فرأيت الأرض قد انشقت وخرج منها عفريت أحمر عظيم ذو منظر شـنيع، صـاح فيها بصـوت هز الأرض وما تحتها:

- ماذا هناك؟ وما مصيبتك؟
فقالت بصوت مرتجف وقد ملأها الخوف:

- والله يا سيدي، لم يصبني شيء، غير أن صدري ضاق، فأردت أن أشرب شرابًا يشرح صدري، فقمت لأقضي أشغالي، فوقعت على القبة.
نظر إليها العفريت في تفحص ثم صاح في غضب:
- يا فاجرة.
ونظر في القصـــر يمينًا ويســـارًا، فرأى الحذاء والفأس.. فقال لها وقد بدأ الدخان يتصاعد من رأسه من شدة الغضب:
- ما هذه إلا متاع الإنس.. من جاء إليك؟
نظرت إلى أشيائي وتظاهرت بالمفاجئة وقالت:
- لم أر هذه الأشياء إلا الآن، ولعلهما تعلقا معك.
فقال العفريت:
- هذا كلام محال، لا ينطلي علي يا عاهرة..
ثم اقترب منها وتشممها، ثم صاح صيحة غضب هائلة.. وأمسك ملابسها فشقها حتى أصبحت عارية تمامًا.. ثم صلبها بين أربعة أوتاد. وبدأ يعاقبها ويسألها عني ويكرر سـؤاله ويعذبها وهي تبكي وتنتحب وتصـرخ من الألم. فلم يهن علي أن أسـمع بكاءها، فصـعدت إلى السلم مذعورًا من الخوف.. فلما وصـلت إلى أعلى المكان، رددت الباب كما كان وسـترته بالتراب وندمت على ما فعلت غاية الندم.. وتذكرت الصبية وحسنها وكيف يعاقبها هذا الملعون وهي لها معه خمسة وعشرون سـنة وما عاقبها إلا بسـببي وتذكرت أبي ومملكته وكيف صـرت حطابًا، فأنشـدت باكيًا:
إذا ما أتاك الدهر يومًا بنكبة فيوم ترى يسرًا ويوم ترى عسرًا
ثم رجعت إلى أن أتيت رفيقي الخياط فوجدته على مقالي النار وهو لي في الانتظار فقال لي:
- بتت البارحة وقلبي عندك، وخفت عليك من وحش يفترسـك أو غيره.. فالحمد لله على سلامتك..
فشكرته على شفقته علي. ودخلت خلوتي، وجعلت أتفكر فيما حدث لي وألوم نفسي على ركل القبة.. وندمت على ما تسـببته للصـبية وأخذت في البكاء حزنًا على ما أصابها.. وإذا بصديقي الخياط دخل علي وقال لي:
- في الدكان شـخص أعجمي يطلبك ومعه فأسـك وحذاءك، قد مر بهما على الخياطين، وقال لهم أنه خرج وقت آذان الفجر، فعثر عليهما، ولم يعلم لمن هما، فدله الخياطون عليك وها هو يجلس في دكاني، فاخرج إليه واشـكره، وخذ فأسـك وحذاءك.فلما سـمعت هذا، الكلام اصـفر لوني وتغير حالي، فبينما أنا كذلك وإذا بالأرض قد انشقت، وخرج منها الأعجمي وإذا هو العفريت وقد كان عاقب الصبية غاية العقاب فلم تفده بشيء، فأخذ الفأس والحذاء، وقال:
- لست جرجريس من ذرية إبليس إن لم أقبض على صاحب هذا الفأس والحذاء.
ثم جاء بهذه الحيلة إلى الخياطين ودخل علي، ولم يمهلني بل اختطفني وطار وعلا بي ونزل بي وغاص في الأرض وأنا لا أدر بنفســـي، فعلمت أني ميت لا محالة

فتلوت الشهادتين وسلمت أمري. وفجأة، وجدت نفسي في القصر الذي كنت فيه تحت الأرض، فرأيت الصبية عارية باكية والدم يسيل من جوانبها وفمها، فقطرت عيناي بالدموع وانفطر قلبي عليها ولمت نفسي على ما أصابها. فأخذها العفريت وقال لها:

- يا عاهرة، أهذا هو عشيقك؟

فنظرت إلي في وهن وقالت:

- لا أعرفه، ولم أره في حياتي إلا الآن.

فقال لها العفريت:

- أبعد كل هذا العذاب لم تعترفي؟

فقالت الدموع تسيل من عينيها:

- لم أره في عمري، وما يحل من الله أن أكذب عليك.

فقال العفريت:

- إن كنت لا تعرفينه، فخذي هذا السيف واضربي عنقه.

فأخذت السيف وجاءتني ووقفت على رأسي ونظرت إلي. ثم ترددت، وهمست:

- أنت الذي فعلت هذا كله.

فأشرت لها أن هذا وقت العفو.. فرمت السيف من يدها وقالت:

- لا أقدر أن أسلب إنسيًا حياته، إنه روح مسلمة والله يحرم قتل النفس التي حرم الله إلا بالحق.

نظر إليها العفريت في غضب ثم ناولني السيف، وقال:

- اضرب عنقها وأنا أطلق سراحك.

فقلت:

- نعم، وأخذت السيف ورفعت يدي.

فهمست لي:

- أنا ما قصرت في حقك.

فدق قلبي ومُلأت عيناي بالدموع، ورميت السيف من يدي، وقلت:

- أيها العفريت الشديد والبطل الصنديد، إذا كانت امرأة ناقصة عقل ودين لم تستحل ضرب عنقي، فكيف يحل لي أن أضرب عنقها.. ولم أرها عمري، فلا أفعل ذلك أبدًا، ولو سقيت من الموت كأس الردى.

فكر العفريت وصاح في غضب:

- أنتما بينكما مودة..

ثم أخذ السيف وضرب يد الصبية فقطعها، والصبية تصرخ في مرارة، وأنا يكاد قلبي يتوقف.. ثم ضرب يدها الثانية فقطعها.. ثم قطع رجلها اليمنى.. ثم قطع رجلها اليسرى.. حتى قطع أطرافها بأربع ضربات.. وأنا أنظر بعيني فأيقنت بالموت، بل تمنيته.. ثم ضربها فقطع رأسها، فخمدت حركتها وانتقلت روحها إلى بارئها وارتاحت من عذاب الدنيا وظلم العفريت.. ثم التفت إلي العفريت الملعون وقال:

- يا آنسي نحن في شرعنا، إذا زنت الزوجة يحل لنا قتلها، وهذه الصبية اختطفتها ليلة عرسها، وهي بنت اثنتي عشرة سنة ولم تعرف أحدًا غيري وكنت أجيئها في كل عشرة أيام ليلة واحدة في زي رجل أعجمي. فلما تحققت أنها خانتني، قتلتها. وأما أنت فلم أتحقق أنك خنتني، ولكن لا بد ألا أتركك معافًا، فتمن علي أي ضرر.
نظرت إليه وطمعت في عفوه وقلت له:
- وماذا تريدني أن أتمناه عليك؟
قال:
- تمن علي أي صورة اسحرك فيها، إما صورة كلب وإما صورة حمار وإما صورة قرد..
فقلت له وقد طمعت أنه يعفو عني:
- والله إن عفوت عني يعفو الله عنك، بعفوك عن رجل مسلم لم يؤذيك..
وتضرعت إليه غاية التضرع، وبقيت بين يديه، وقلت:
- له أنا رجل مظلوم.
فقال لي:
- لا تطل علي الكلام.. أما القتل، فلا تخف منه، وأما العفو عنك، فلا تطمع فيه.. وأما سحرك فلا بد منه.
ولما لم أحر جوابًا، شق الأرض، وطار بي إلى الجو حتى رأيت الدنيا كأنها صينية ماء. ثم هبط بي على جبل، وأخذ قليلاً من التراب وهمهم عليه، ثم رشه علي قائلا:
- اخرج من هذه الصورة إلى صورة قرد.
فمنذ ذلك الوقت صرت قردًا، فلما رأيت نفسي في هذه الصورة القبيحة بكيت على روحي وصبرت على جور الزمان وعلمت أن الزمان ليس لأحد.. وانحدرت من أعلى الجبل إلى أسفله وسافرت مدة شهر، ثم ذهبت إلى شاطئ البحر المالح، فوقفت ساعة وإذا بمركب في وسط البحر قد طاب ريحها وهي قاصدة البر، فاختفيت خلف صخرة على جانب البحر وصعدت إلى أن أتيت وسط سطح المركب. رآني البحارة، فقال واحد منهم:
- أخرجوا هذا المشؤوم من المركب.
وقال آخر:
- فنقتله.
وقال آخر:
- اقتلوه بهذا السيف..
فأمسكت نصل السيف وبكيت، وسالت دموعي. فحن علي القبطان وقال لهم:
- يا قوم، إن هذا القرد استجار بي، وقد أجرته وهو في جواري.. فلا يتعرضن أحد له، ولا يشوش أحد عليه.
ثم أن القبطان صار يحسن إلي. وأصبحت عندما يتكلم أفهمه وأقضي حوائجه وأخدمه في المركب. وقد طاب لها الريح مدة خمسين يومًا.. فرسينا في مدينة عظيمة، وفيها أناس كثيرون، لا يحصى عددهم إلا الله تعالى.. فساعة وصولنا،

أوقفنا مركبنا، فجاءنا مماليك من طرف ملك المدينة فصعدوا إلى المركب، وهنأوا التجار بالسلامة، وقالوا إن ملكنا يهنئكم بالسلامة وقد أرسـل إليكم هذا الدفتر الورقي، وقال كل واحد يكتب فيه سـطرًا فقمت وأنا في صـورة القرد، وخطفت الدفتر من أيديهم، فخافوا أن أقطعه وأرميه في الماء.. فنهروني وأرادوا قتلي، فأشرت لهم أن يسمحوا لي أن أكتب.. فقال لهم القبطان:

- دعوه يكتب فإن لخبط الكتابة، طردناه عنا.. وإن أحسنها، اتخذته ولدًا.. فإني ما رأيت قردًا أفهم منه.

ثم أخذت القلم واستمديت الحبر، وكتبت شعرًا بخط الرقعة،

لقد كتب الدهر فضل الكرام وفضلك للآن لا يحسب

فلا أيتم الله منك الورى لأنك للفضل نعم الأب

وكتبت بخط الثلث هذين البيتين:

وما من كاتب إلا سيفنى ويبقي الدهر ما كتبت يداه

فلا تكتب بخطك غير شيء يسرك في القيامة أن تراه

ناولتهم ذلك الدفتر الورقي، فذهبوا به إلى الملك، فلما تأمل الملك ما في ذلك الدفتر، لم يعجبه خط أحد إلا خطي، فقال لأصحابه:

- توجهوا إلى صاحب هذا الخط وألبسوه هذه الحلة وأركبوه بغلة وأحضروه بين.. فلما سمعوا كلام الملك تبسموا، فغضب منهم ثم قال:

- كيف آمركم بأمر فتضحكون علي.

فقالوا:

- أيها الملك ما نضحك على كلامك، بل الذي كتب هذا الخط قرد وليس هو آدميًا، وهو مع قبطان المركب.

فتعجب الملك من كلامهم واهتز من الطرب، وقال:

- أريد أن أشتري هذا القرد.

ثم بعث رسلاً إلى المركب ومعهم البغلة والحلة وقال:

- لابد أن تلبسوه هذه الحلة وتركبوه البغلة وتأتوا به.

فساروا إلى المركب، وأخذوني من القبطان، وألبسوني الحلة فاندهش الخلائق، وصاروا يتفرجون علي، فلما دخلوا بي على الملك، ورأيته اقتربت منه في احترام، وقبلت الأرض ثلاث مرات فأمرني بالجلوس، فجلسـت على ركبتي. فتعجب الحاضرون من أدبي، وكان الملك أكثرهم تعجبًا..

ثم أن الملك أمر الحاشية بالانصراف فانصرفوا، ولم يبق إلا الملك والطواشي ومملوك صـغير وأنا، ثم أمر الملك لي بطعام، فقدموا سفرة طعام فيها ما تشـتهي الأنفس وتلذ الأعين.. فأشار إلي الملك أن كل، فقمت وقبلت الأرض بين يديه سبع مرات، وجلسـت آكل معه وقد رفعوا السـفرة. وذهبت فغسلت يدي وأخذت الدواة والقلم والورق وكتبت هذين البيتين:

أتاجر الضأن ترياق من العلل وأصحن الحلو فيها منتهى أملي

يا لهف قلبي على مد السماط إذا ماجت كنافته بالسمن والعسل

ثم قمت وجلست بعيدًا أنتظر رأي الملك فيما كتبته، فقرأه فتعجب وقال:

- كيف يكون كل هذا عند قرد؟ ما كل هذه الفصاحة وهذا الخط؟! والله إن هذا من أعجب العجب.

ثم قدم للملك شطرنج، فقال لي الملك:

- أتلعب؟؟

قلت برأسي:

- نعم.

فتقدمت وصففت الشطرنج ولعبت معه مرتين فغلبته. فحار عقل الملك، وقال:

- لو كان هذا آدميا لفاق أهل زمانه.

ثم قال لخادمه:

- اذهب إلى سيدتك وقل لها أن تحضر للملك حتى تأتي وترى هذا القرد العجيب.

ذهب الطواشي، وعاد معه سيدته بنت الملك. فلما رأتني، غطت وجهها، وصاحت:

- يا أبي كيف ترسل إلي، فيراني الرجال الأجانب؟؟

فقال:

- يا ابنتي ليس هنا سوى المملوك الصغير والطواشي الذي رباك وهذا القرد وأنا، فممن تغطين وجهك؟

نظرت إلي ودققت النظر وهي تهمهم بكلمات وقالت:

- إن هذا القرد إنسي ابن ملك، واسم أبيه إيمار، صاحب جزائر الأبنوس وهو مسحور، وسحره العفريت جرجريس الذي هو من ذرية إبليس، وقد قتل زوجته بنت ملك أقناموس. يا أبي ومولاي، هذا الذي تزعم أنه قردًا، ما هو إلا رجل عالم عاقل.

فتعجب الملك من كلام ابنته، ونظر إلي وقال:

- أحق ما تقول الأميرة عنك؟

فقلت برأسي:

- نعم.

وبكيت.. فقال الملك لابنته:

- من أين عرفت أنه مسحور؟؟

فقالت:

- يا أبت، كان عندي وأنا صغيرة عجوز ساحرة علمتني السحر، وقد حفظته وأتقنته.. وعرفت مائة وسبعين بابًا من أبوابه، أقل باب منها يمكنني من أن أنقل به حجارة مدينتك خلف جبل قاف.. وأجعل المدينة بحرًا وأسحر أهلها سمكًا فيه.

تفاجئ الملك بما لدى ابنته من مهارات وقدرات وقال:

- بحق اسم الله عليك، فتخلصي هذا الشاب من لعنه، فأنا أرغب في أن أجعله وزيري لأنه شاب حصيف لبيب.

فانحنت وقالت له:

- حبًا وكرامة.

ثم أخذت بيدها سكينا مكتوب عليها أسماء عبرانية، ورسمت على الأرض دائرة، وكتبت فيها أسماء وطلاسم، وعزمت بكلام وقرأت كلامًا لا يفهم. وبعد ثوان، أظلم علينا القصر، حتى ظننا أن الدنيا قد انطبقت وإذا بالعفريت قد ظهر علينا في أقبح صورة بأيد كالمداري ورجلين كالصواري وعينين كمشعلين يوقدان نارًا. ففزعنا منه، وتسارعت دقات قلبي وتراجعت إلى الوراء حتى صرت خلف العرش.. قالت ابنة الملك:

- لا أهلا بك ولا سهلا يا ملعون يا حفيد إبليس.

فصاح العفريت بصوت عميق هز البلاط:

- يا خائنة، كيف خنت اليمين؟ أما تحالفنا على أن لا يعترض أحدنا الآخر؟

فقالت له:

- يا لعين، ومن أين لك باليمين؟

فقال العفريت:

- إذن، فالعقاب يقع عليك..

ثم انقلب أسدًا وفتح فاه وهجم على الصبية. فأسرعت وأخذت شعرة من شعرها بيدها، وهمهمت عليها بشفتيها، فتحولت الشعرة إلى سيف ماضي.. وضربت ذلك الأسد فشقته نصفين.. صرخ العفريت وتحور وتحول ثم أتي في صورة عقرب. وهنا تحولت الصبية إلى حية عظيمة، وهمهمت على اللعين وهو في صورة العقرب، فتقاتلا قتالاً شديدًا.. ثم تحول العقرب إلى عقاب، فتحولت الحية إلى نسر، وطاردت العقاب واستمرا في الصراع العنيف دقائق. ثم تحول العقاب إلى قط أسود، فتحول النسر إلى ذئب، فتشاحنا في الساحة وتقاتلا قتالاً شديدًا. فرأى القط نفسه مغلوبًا، فحاول الهروب، فتحول إلى رمانة حمراء كبيرة، وقعت تلك الرمانة في البركة فنثر الحب كل حبة وحدها وامتلأت أرض القصر حبًا.. وهنا تحول الذئب إلى ديك لأجل أن يلتقط ذلك الحب، ولا يترك منه حبة.. فبالأمر المقدر، دارت حبة في جانب الفسقية، فصار الديك يصيح ويرفرف بأجنحته ويشير إلينا بمنقاره ونحن لا نفهم ما يقول، ثم صرخ علينا صرخة تخيل لنا منها أن سقف القصر قد وقع علينا.. ودار في أرض القصر كلها، حتى رأى الحبة التي تدارت في جانب الفسقية، فانقض عليها ليلتقطها.. وإذا بالحبة الأخيرة تقفز في ماء البركة، فتحول الديك إلى حمار كبير.. ونزل خلفها في الماء.. ومرت دقيقة، وإذا بنا نسمع صراخًا عاليًا، فارتجفنا. دارت مياه البركة في عنف وارتفعت في هيئة إعصار حتى وصلت إلى سقف البلاط، ثم نز الماء وظهر العفريت وهو شعلة عظيمة من نار، فأخرج النار والشرر من فمه ومن عينيه وأنفه، وهنا ظهرت الصبية في صورة لجة نار.. فأردنا أن نتراجع خوفًا على أنفسنا من الحريق الذي بدأ يلفح وجوهنا، فما شعرنا إلا والعفريت قد صرخ من تحت النيران واقترب مني ومن الملك، ونفخ في وجوهنا النار فلحقته الصبية ونفخت في وجهه النار أيضا فأصابنا الشرر منها ومنه. فأما شررها فلم يؤذينا وأما شرره، فلحقني منه شرارة في عيني فأتلفتها وأنا في صورة القرد، ولحق الملك شرارة منه في وجهه فأحرقت

نصف وجهه السفلي بذقنه ووقفت أسنانه السفلى.. وأصابت شرارة صدر الطواشي، فاحترق ومات من وقته وساعته.. فأيقنا بالهلاك وقطعنا رجائنا من الحياة.
فبينما نحن كذلك وإذا بصوت يصيح في الأرجاء:
- الله أكبر، الله أكبر، قد فتح ربي ونصر وخذل من كفر، بدين محمد سيد البشر..
وإذا بالقائل بنت الملك ظهرت في صورتها الآدمية وقد أحضرت العفريت، فنظرنا إليه فرأيناه قد صار كومة من رماد. فهللنا وكبرنا وحمدنا الله لأنه نصر ابنة الملك على العفريت الملعون. ثم جاءت الصبية وقالت:
- آتوني بإناء فيه ماء.
فجاؤوا بها.. فهمهمت عليه بكلام لا نفهمه، ثم رشتني بالماء، وقالت:
- بحق الحق، وبحق اسم الله الأعظم ارجع إلى صورتك الأولى..
فتحولت إلى بشر كما كنت أولاً ولكن تلفت عيني. وبينما أنا أتحسس جسدي لأتأكد أنني لا أحلم وأنني رجعت إنسانًا، صاحت الصبية في خوف:
- النار يا والدي، النار في داخلي مازالت..
ثم أنها لم تزل تستغيث من النار.. وإذا بشرر أسود قد صعد إلى صدرها ثم إلى وجهها. فلما وصل إلى وجهها، بكت في ألم شديد وقالت بصوت متهدج:
- أشهد أن لا إله إلا الله وأشهد أن محمدًا رسول الله.
ثم صرخت صرخة عظيمة وتحولت بعدها إلى كومة من رماد بجانب كومة العفريت..
حزنا على الصبية الشجاعة واحتسبناها من الشهداء، وتمنيت لو كنت مكانها، ولا أرى ذلك الوجه المليح الذي عمل في هذا المعروف يصير رمادًا.. ولكن حكم الله لا يرد. فلما رأى الملك ابنته صارت كومة رماد، نتف لحيته ولطم على وجهه وشق ثيابه، وفعلت أنا كما فعل وبكينا عليها ليلة كاملة، ثم جاء الحجاب وأرباب الدولة، فوجدوا السلطان في حالة العدم وعنده كومتين رماد، فتعجبوا وداروا حول الملك ساعة فلما أفاق أخبرهم بما حدث لابنته مع العفريت، فعظمت مصيبتهم وصرخ النساء والجواري وعملوا العزاء سبعة أيام. ثم إن الملك أمر أن يبني على رماد ابنته قبة عظيمة وأوقد فيها الشموع والقناديل.. وأما رماد العفريت فإنهم ذروه في الهواء إلى لعنة الله..
ومرض السلطان مرضًا أشرف منه على الموت، واستمر مرضه شهرًا ولكن، عادت إليه العافية، فطلبني وقال لي:
- يا فتى قد قضينا زماننا في أهنأ عيش آمنين من نوائب الزمان حتى جئتنا، فأقبلت علينا الأكدار فليتنا ما رأيناك ولا رأينا طلعتك القبيحة التي بسببها صرنا في حالة الحزن الأبدي. فأولاً، عدمت ابنتي التي كانت تساوي مائة رجل، وثانيًا، جرى لي من الحريق ما جرى وعدمت أضراسي، ومات خادمي، ولكن لم يكن بيدك حيلة، بل جرى قضاء الله علينا وعليك والحمد لله، حيث خلصتك ابنتي وأهلكت نفسها،

فاخرج يا ولدي من بلدي، وكفى ما جرى بسببك وكل ذلك مقدر علينا وعليك، فاخرج بسلام.
فخرجت من عنده وما صدقت بالنجاة ولا أدري أين أتوجه، وخطر على قلبي ما حدث لي، وكيف خلوني في الطريق سالمًا منهم ومشيت شهرًا، وتذكرت دخولي في المدينة واجتماعي بالخياط واجتماعي بالصبية تحت الأرض وخلاصي من العفريت بعد أن كان عازمًا على قتلي، وتذكرت ما حصل لي من المبدأ إلى المنتهى فحمدت الله.. وقلت بعيني ولا بروحي.. ودخلت الحمام قبل أن أخرج من المدينة وحلقت ذقني، وجئت يا سيدتي وفي كل يوم أبكي وأتفكر المصائب التي عاقِبَتَها تَلَفُ عيني، وكلما أتذكر ما حدث لي أبكي وأنشد هذه الأبيات:
تحيرت والرحمن لا شك في أمري وحلت بي الأحزان من حيث لا أدري
سأصبر حتى يعلم الصبر أنني صبرت على شيء أمر من الصبر
وما أحسن الصبر الجميل مع التقى وما قدر المولى على خلقه يجري
سرائر سري ترجمان سريرتي إذا مان سر السر سرك في سري
ولو أن ما بي بالجبال لهدمت وبالنار أطفأها والريح لم يسر
ومن قال إن الدهر فيه حلاوة فلا بد من يوم أمر من المر
ثم سافرت الأقطار ووردت الأمصار وقصدت دار السلام بغداد لعلي أتوصل إلى أمير المؤمنين، وأخبره بما حدث، فوصلت إلى بغداد هذه الليلة، فوجدت أخي هذا الأول واقفًا متحيرًا فسلمت عليه وتحدثت معه وإذا بأخينا الثالث قد أقبل علينا، فسلم وقال:
- أنا رجل غريب.
فقلنا:
- ونحن غريبان وقد وصلنا هذه الليلة المباركة.
فمشينا نحن الثلاثة وما فينا أحد يعرف حكاية أحد. فساقتنا المقادير إلى هذا الباب، ودخلنا عليكم وهذا سبب حلق ذقني وتلف عيني..
قالت له "جسور":
- إن حكايتك غريبة جمعت فيها كل العجب، فاخرج في حال سبيلك.
فقال:
- لا أبرح حتى أسمع حديث رفيقي.

# الفصل الرابع: جبل المغناطيس

اقترب الصعلوك الثالث وقال:

- أيتها السيدة الجليلة، ما قصتي مثل قصتهما، لقد كنت ملكًا ابن ملك، ومات والدي، وأخذت المُلك من بعده وحكمت وعدلت، وأحسنت للرعية، وكان لي محبة في الإبحار، وكانت مدينتي على البحر، والبحر متسع وحولنا جزائر معدة للقتال. وذات يوم، أردت أن أتفرج على الجزائر، فنزلت في عشرة مراكب، وأخذت معي مؤونة شهر، وسافرت عشرين يومًا. ففي ليلة من الليالي، هبت علينا رياح مختلفة إلى أن لاح الفجر، فهدأت الريح وسكن البحر، حتى أشرقت الشمس. ثم أننا أشرفنا على جزيرة فرسونا على البر وطبخنا شيئًا نأكله، فأكلنا، ثم أقمنا يومين وسافرنا عشرين يومًا، فاختلفت علينا المياه وعلى القبطان.. استغرب القبطان من غرابة البحر، فأمر حارس المركب أن ينظر البحر بتأمل، فصعد على الصاري ونظر لوقت طويل، ثم نزل الحارس وقال للقبطان:

- رأيت عن يميني سمكًا على وجه الماء ونظرت إلى وسط البحر، فرأيت سوادًا من بعيد يلوح تارة أسود وتارة أبيض.

فلما سمع القبطان كلام الحارس، اتسعت عيناه من الرعب، وضرب الأرض بعمامته، ونتف لحيته وقال للناس:

- أبشروا بهلاكنا جميعًا، ولن يسلم منا أحد.

وشرع يبكي، وكذلك بكى كل من في المركب، فقلت أيها القبطان:

- أخبرنا بما رأى الحارس.

فقال:

- يا سيدي، اعلم أننا ضللنا الطريق يوم جاءت علينا الرياح المختلفة، ولم تهدأ الريح إلا في أول النهار. ثم أقمنا يومين فتهنا في البحر ولم نزل تائهين أحد عشر يومًا من تلك الليلة وليس لنا ريح يرجعنا إلى ما نحن قاصدون آخر النهار. وفي الغد، سنصل إلى جبل من حجر أسود، يسمى حجر المغناطيس ويجرنا المياه غصبًا إلى جهته. سيصطدم فيه المركب ويذهب كل مسمار في المركب إلى الجبل ويلتصق به.. لأن الله وضع في حجر المغناطيس سرًا، وهو أن جميع الحديد ينجذب إليه.. وفي ذلك الجبل حديد كثير لا يعلمه إلا الله تعالى، حتى أنه تسبب في دمار الكثير من السفن.. وبعد ذلك البحر، يوجد قبة من النحاس مرفوعة على عشرة أعمدة، وفوق تلك القبة تمثال لفارس على حصان من نحاس وفي يد ذلك الفارس رمح من النحاس، ومعلق على صدر الفارس لوح من رصاص منقوش عليه أسماء وطلاسم. وطالما هذا الفارس راكبًا على هذه الفرس، ستظل السفن تتكسر من تحته، ويهلك ركابها جميعًا حيث سيظل يلتصق الحديد الذي في المركب بالجبل.. ولا مناص من ذلك الكرب العظيم، إلا إذا وقع تمثال هذا الفارس من فوق تلك الفرس..

ثم استمر القبطان في البكاء والنحيب، فتحققنا أننا هالكون لا محالة، وكل منا ودع صاحبه. فلما جاء الصباح، اقتربنا من ذلك الجبل المشئوم، وساقتنا المياه إليه غصبًا.. فلما صرنا في المياه تحته، تفسخت السفينة، وفرت المسامير منها وانجذب كل حديد فيها إلى حجر المغناطيس.. وتمزقت المركب، فمنا من غرق ومنا من سَلِم، ولكن أكثرنا غرق.. والذين سلموا لم يتلاقوا، لأن تلك الأمواج واختلاف الرياح فرقتهم. وأما أنا، فنجاني الله تعالى.. فتعلقت على لوح من الواح الخشب، فدفعتني الرياح والأمواج إلى جبل، فرسيت على البر، وحمدت الله على السلامة. ثم مشيت في طريق متطرف إلى أعلى الجبل على هيئة السلالم منقورة في الجبل، ثم أني سميت الله ودعوته وابتهلت إليه وحاولت الصعود على الجبل وصرت أتمسك بالنقر التي فيه، حتى أسكن الله الريح في تلك الساعة وأعانني على الصعود.. فصعدت سالما إلى أعلى الجبل.. وفرحت بسلامتي غاية الفرح.. مشيت إلى القبة، فدخلتها وصليت فيها ركعتين شكرًا لله على سلامتي، ثم إني نمت تحت القبة. فسمعت قائلا يقول:

- يا ابن خصيب، إذا انتهيت من منامك، فاحفر تحت رجليك، ستجد قوسًا من نحاس وثلاث نشابات من رصاص منقوشًا عليها طلاسم فخذ القوس والنشابات وارم الفارس الذي على القبة وأرح الناس من هذا البلاء العظيم.. فإذا رميت الفارس يقع في البحر ويقع القوس من يدك فخذ القوس، وادفنه في موضعه. فإذا فعلت ذلك، فيعلو مستوى البحر حتى يساوي الجبل.. وسيظهر لك زورق فيه تمثال لشخص، وفي يده مجذاف، فاركب معه، ولا تسم الله تعالى فإنه يحملك ويسافر بك مدة عشرة أيام إلى أن يوصلك إلى بلدك..

وعندما استيقظت من نومي، قمت بنشاط وقصدت الماء، كما قال الهاتف وضربت الفارس فرميته فوقع في البحر ووقع القوس من يدي فأخذت القوس ودفنته.. فهاج البحر وعلا مستواه حتى ساوى الجبل الذي أنا عليه.. فلم ألبث غير ساعة حتى رأيت زورقًا في وسط البحر يقصدني.. فحمدت الله تعالى فلما وصل إلي الزورق وجدت فيه شخصًا من النحاس صدره لوح من الرصاص، منقوش بأسماء وطلاسم.. فنزلت في الزورق وأنا ساكت، لا أتكلم، فحملني الشخص أول يوم والثاني والثالث إلى تمام عشرة أيام حتى الجزائر.. ففرحت فرحًا عظيمًا ومن شدة فرحي، ذكرت الله وسميت وهللت وكبرت. فلما فعلت ذلك، تحرك التمثال واقترب مني وقذفني من الزورق في البحر. غطست في البحر ولما صعدت إلى السطح، تلفتت على الزورق، فلم أجده. وكنت أعرف العوم، فعمت ذلك اليوم إلى الليل حتى كلت سواعدي، وتعبت أكتافي، ثم قلت الشهادتين، وأيقنت بالموت.. وهاج البحر من شدة الرياح، فجاءت موجة كالقلعة العظيمة، فحملتني وقذفتني قذفة صرت بها على البر.

وقعت على البر في عنف فكسرت قدماي وأصيب ظهري، ولم أستطع الحراك. صرخت عاليًا من الألم، واستنجدت بالأحياء على الجزيرة فلم يجبني أحد. تلفتت في كل الاتجاهات، فلم أر أدنى حركة.. كنت جائعًا، لم أذق الطعام منذ ليلتين، كما

كنت عطشـــان جدًا.. وهنا أيقنت أنني لم أنج من الغرق في البحر إلا لأموت جوعًا على هذه الأرض.. بدأت أرتجف من البرد، حتى أظلمت الدنيا أمامي، وغبت عن الوعي. لم أدر كم من الوقت ظللت على حالتي هذه، ولكن الســـواد انقشـــع فجأة، وبدأت أســـمع همهمات حولي، ففتحت عيني، فرأيت شـــيئًا عجيبًا. رأيت أحجار الجزيرة قد اجتمعت حولي وقد تحور كيانها حتى أصـــبحت أقزامًا رماديو اللون، دائريو الشـكل، لهم أيد وأرجل قصـيرة.. نظر بعضـهم إلي باندهاش كأنهم لم يروا إنسـيًا من قبل. ومن بينهم، برز أحدهم، الذي كان أكبر منهم قليلا، وقد التفت حول عنقه قلادة من اللؤلؤ الأسـود، وعلى رأسـه ما يشـبه التاج ولكنه من الخيزران. نظرت لهم في عجب وأنا مستلقٍ في مكاني لا أقدر على الحركة، فلم أعرف ألخير جاءوا أم لشـــر.. ملأ التســاؤل عيني وظهر الخوف على ملامحي، فاقترب مني زعيمهم، ونظر إلي وأشار، أنني في أمان وأنهم لا يريدون بي شرًا.. سلمت عليهم بتحية الإسلام، فلم يفهموا كلامي. فأشـرت لهم أني سـأموت من الجوع، فنظر إلي الزعيم، ثم تهللت أســاريره لأنه فهم ما أريد، ثم التفت إلى أتباعه وهمهم بكلمات وغمغمات عجيبة، فذهبوا وأحضـروا لي طعامًا غريبًا وشـرابًا أغرب. ومن شـدة الجوع، لم أفكر كثيرًا، بل بدأت في التهام الطعام والشـــراب حتى ملأت بطني وحمدت ربي وأشرت لهم بالشكر.

أشـــار إلي الزعيم أن اتبعني، ولكنني أشـــرت إلى قدماي المكســـورتان وظهري المصـــاب. فاقترب مني ونظر إلى إصـــاباتي، ثم التفت إلى أتباعه وهمهم، فكونوا حولي دائرة كاملة الاستدارة، وأخرج الزعيم عصا خضراء، ووقف عند قدمي.. ثم بدأ في تلاوة التعاويذ بلغتهم الغريبة رافعًا يديه. بدأت العصـــا في التوهج، فنزل بها ليشـير إلى قدمي، فانتقل التوهج من العصـا إلى قدمي، فاسـتقامت وصـحت، وأعاد ما فعل على قدمي الأخرى، فشـــفيت أيضًـــا.. ثم أخيرًا، أعاد ما فعله على ظهري فبرئ، ولله الحمد.. قمت واقفًا على قدمي وقد شـــعرت أنني ولدت من جديد، وشـعرت بطاقة عجيبة تسـري في جسـدي.. فشـكرت الله وانحنيت للزعيم أشـير له بالشـكر والامتنان.. وهنا أشـار لي أن أتبعه، فتقدمني وتبعته إلى أدغال الجزيرة.. مشـيت وراءه مسـافة طويلة إلى أن لاحت لي أسـوار خضـراء من حجارة عليها طحالب، ثم ظهرت بوابة كبيرة من الفولاذ القوي، وعندما اقتربنا منها أشار الزعيم بعصـــاه فتوهجت العصـــا، وانفتحت البوابة. دخلنا إلى قرية الأقزام، فوجدت فيها بيوتًا صـغيرة ونسـاء وأطفال من حجارة ينتشـرون في كل مكان. نظر إلي سـكان القرية في اندهاش عظيم، فأنا بالنسـبة لهم عملاق ضـخم أبيض اللون يحيط الشـعر وجهي. المهم أن الزعيم اقتادني إلى القصـــر، ولكنه لم يدخله، بل دار حوله، لأجد صندوقًا كبيرًا من الصلب الأحمر موضوع في عناية في باحة القصر وعليه أربعة حراس.. نظر إلي الزعيم وأشار إلى الصندوق، ارتبكت ولم أدر ماذا أفعل، ولكنني اقتربت من الصـندوق لأتفحصـه فلم أجد له قفلا!!.. بل مكان القفل، وجدت علامة على شـــكل كف اليد الآدمية.. اقتربت من العلامة، ونظرت إلى الزعيم الذي رفع يده الصـغيرة ذات الثلاثة أصـابع، وأشـار لي أن أضـع كفي في مكان العلامة..

اقتربت بكفي اليمنى إلى مكان العلامة حتى لامستها، فسمعت تكتكات عجيبة تصدر من الصندوق. ثم اهتز الصندوق وخرج منه الشرر فأصابتني إحداها في عيني اليسرى فأتلفتها، فصحت في ألم وتراجعت إلى الخلف. وهنا اقترب الزعيم من الصندوق وحاول رفع الغطاء ففتح الصندوق في سهولة ويسر. سمعت صيحات السرور تسري بين القوم، فأصابني الفضول لأعرف ما في الصندوق.. نظرت إلى داخل الصندوق فوجدت العجب العجاب.. واحدة من قوم الحجارة يبدو أنها أنثى، ولكنها صغيرة جدًا بحجم التمرة، تجلس بداخل الصندوق المليء بالحبوب، والغلال والفاكهة وفي وسط الصندوق بركة مياه صغيرة..

كان الصندوق سجنًا لأحدى فتيات قوم الحجارة، فمن الواضح إن أحدهم سحرها فصغر حجمها وحبسها في ذلك الصندوق بعد أن جهزه للإقامة لفترة طويلة بتوفير المأكل والمشرب.. المهم فرح القوم جدًا لفتح الصندوق، ومد الزعيم يده، فتعلقت الصبية الحجرية في يده فأخرجها من الصندوق ووضعها على الأرض، ثم رفع يده بالعصا التي توهجت من جديد ونزل بها على الصبية ليتضخم حجمها، وتصبح في حجمهم تقريبًا.. خيل إلي أنها صبية جميلة بمقاييس جمال نساء القوم. وما إن رجعت إلى حجمها حتى احتضنها الزعيم وارتفعت صيحات النصر بين الحجريين. وهنا التفت إلي الزعيم ونظر إلي نظرة شكر وامتنان.. فيبدو أنني حررت ابنته التي كانت محبوسة في الصندوق منذ زمن بعيد. ثم اقتادني إلى ساحة كبيرة رسمت على أرضها خريطة العالم. نظر إلي وأشار إلى الخريطة، ففهمت أنه يرغب أن يعرف من أي بلد أنا.. فمشيت، حتى وصلت إلى بلدي فوقفت عندها.. نظر الزعيم إلى البلد، وعقد حاجبيه وأشاح بوجهه، فلم أفهم. فمشى الزعيم حتى وصل إلى بغداد على الخريطة، وأشار إليها ونظر إلي في تساؤل، ففهمت أنه يرغب في أن يرسلني إلى بغداد، وأنه لا يقدر أن يرسلني إلى بلدي، فأومأت موافقًا. رفع الزعيم عصاته وأشار إلي، ثم أشار إلى بغداد، ولم أكد أرمش بعيني حتى وجدت نفسي أمشي في شوارع بغداد، فقابلت هذين فقلت:

- أنا غريب.

فقالا:

- ونحن غريبان.

وصار ما صار حتى أتينا إلى هنا.

قالت جسور:

- حكاية عجيبة، فلتذهب إلى حال سبيلك..

فقال:

- لا أبرح حتى أسمع قصة هؤلاء.

ثم التفتت الصبية إلى الخليفة وجعفر وقالت لهما:

- أخبراني بحكايتكما.

فتقدم جعفر وحكى لها الحكاية التي قالها للبوابة عند دخولهم، فلما سمعت كلامه قالت:

ـ لقد وهبت بعضكم لبعض فاخرجوا، هيا.

فهبوا جميعًا مغادرين، إلى أن صاروا في الزقاق، فقال الخليفة للصعاليك:

ـ يا جماعة إلى أين تذهبون؟

فقالوا:

ـ لا ندري أين نذهب.

فقال لهم الخليفة:

ـ سيروا وبيتوا عندنا.

وقال لجعفر:

ـ خذهم واحضرهم لي غدًا، حتى ننظر في أمرهم.

فامتثل جعفر لما أمره به الخليفة. ثم أن الخليفة ذهب إلى قصــره ولم ينم في تلك الليلة.

# الفصل الخامس: جسور والكلبتين

فلما أصبح الصباح، جلس على كرسي المملكة ودخل عليه أرباب الدولة، وبعد أن انتهى العمل اليومي، وانصرف الجميع، التفت إلى جعفر، وقال:

- آتني بالثلاث صبايا والكلبتين والصعاليك.

فذهب جعفر وأحضرهم بين يديه. فأدخل الصبايا، وقال لهن:

- قد عفونا عنكن لما أسـلفتن من الإحسان إلينا.. اركعوا جميعًا، فأنتم بين يدي الخامس من بني العباس، هارون الرشيد، فلا تتفوهوا إلا حقًا وصدقًا.

فلما سمعت الصبايا كلام جعفر، تقدمت "جسور" وقالت:

- يا أمير المؤمنين: إن لي حديثًا عجيبًا، فهل تأذن لي أن أحك حكايتي؟

فأشار الخليفة:

- نعم.

فقالت:

- إن هاتين الكلبتين ما هما إلا أختاي من أبي من غير أمي، فمات والدنا وخلف خمسة آلاف دينار، وكنت أنا أصغرهن سنًا. فتجهزت أختاي وتزوجتا بأخوين. ثم إن كل واحد من أزواجهما اشترى بضاعة وتجارة، وأخذ من زوجته ألف دينار، وسـافروا جميعًا مع بعضهم، وغابوا أربع سـنوات. وذات يوم، فوجئت بأختي تدخلان علي بثياب بالية، وأجسـاد منهكة، حتى إنني ظننتهما شــحاذتين. فوجئت بحالهما وقلت لهما:

- ما هذا الحال؟ ماذا حدث لكما؟؟

فقالتا:

- يا أختاه، أخذ زوجانا أموالنا، وهجرانا في بلاد غريبة، فما كان منا إلا أن عملنا في الغسيل والنظافة لنكسب قوتنا ونجمع أجرة السفر إلى هنا.. ثم إن الكلام لا يفيد الآن، وقد جرى القلم بما حكم الله..

فأرسلتهما إلى الحمام، وألبست كل واحدة حلة جديدة، وقلت لهما:

- يا أختي، أنتما الكبيرتان وأنا الصغيرة، وأنتم عوض عن أبي وأمي.. أما عن إرثي ومالي، قد جعل الله فيه البركة وتضاعف من التجارة، فأصبحت أحوالي ميسورة، فامكثا معي وعيشا في بيتي، وأنا وأنتما سواء.. وأحسنت إليهما غاية الإحسان. فمكثتا عندي سنة كاملة وصار لهما مال من مالي. وذات يوم، فقالتا لي:

- يا أختاه، أن الزواج خير لنا، وليس لنا صبر عنه.

فقلت لهما:

- يا أختي، ألا تتذكرا أنكما لم تريا في الزواج خيرًا؟؟ إن الرجل المتقي الجيد قليل في هذا الزمان.

فلم يقبلا بكلامي، وتزوجتا بغير رضاي. فزوجتهما من مالي وسترتهما ومضتا مع زوجيهما.. فأقاما مدة يسيرة. وبعد عدة شـهور من زواجهما، وبينما أنا أجلس في

بيتي، فوجئت بهما عندي وهما شبه عاريتين وحالتهما كرب. فسألتهما عن خبرهما فقالتا:
- لعب علينا زوجانا، وأخذا ما كان معنا من مال وسافرا، وتركانا..
نظرت إليهما في تمحص، حتى تتذكرا نصيحتي، فاعتذرتا وقالتا:
- لا تؤاخذينا، فأنت أصغر منا سنًا ولكنك أكمل عقلاً.
فسمحت لهما بالإقامة عندي وأكرمتهما خير إكرام، وعاش ثلاثتنا لا نذكر الزواج أبدا. ولم نزل على هذه الحالة سنة كاملة، فأردت أن أجهز لي مركبًا إلى البصرة بغرض التجارة، فجهزت مركبًا كبيرة وحملت فيها البضائع والمتاجر وما أحتاج إليه. وقلت:
- يا أختي، هل لكما أن تنتظراني في المنزل حتى أسافر وأعود؟ أم ترغبان في السفر معي؟
فقالتا:
- بالطبع، نسافر معك، فإنا لا نطيق فراقك.
فأخذتهما وسافرنا. وكنت قد قسمت مالي نصفين فأخذت النصف، وخبأت النصف الآخر. وقلت ربما يصيب المركب مكروه، ويكون في العمر بقية، فإذا رجعنا، نجد شيئًا ينفعنا. أبحرت بنا المركب أيامًا وليال، فتاهت بنا المركب وغفل القبطان عن الطريق، ودخلت المركب بحرًا غير البحر الذي نريده. ثم طابت لنا الرياح عشرة أيام، فلاحت لنا مدينة على بعد. فقلنا للقبطان:
- ما اسم هذه المدينة التي أشرفنا عليها؟
فقال:
- والله لا أعلم، فلم أراها من قبل قط، ولم أبحر في هذا البحر من قبل. ولكن، الحمد لله أن جاء الأمر بسلامة.. فما بقي إلا أن تدخلن هذه المدينة وتخرجن بضائعكم.
ثم غاب عنا ساعة، ثم جاءنا وقال لكل من في المركب:
- قوموا إلى المدينة وتعجبوا من صنع الله في خلقه، واستعيذوا من سخطه، فقد رسيت السفينة على بر عجيب لم أر مثله من قبل..
نزلنا إلى المدينة فوجدنا كل من فيها مسخوطا حجارة سوداء، فاندهشنا من ذلك، ومشينا في الأسواق فوجدنا البضائع باقية والذهب والفضة باقيين على حالهما. ففرحنا وقلنا لعل هذا رزق كثير. ثم وتفرقنا في شوارع المدينة وكل واحد انشغل عن رفيقه بما في المدينة من مال وثروات. وأما أنا، فدخلت القلعة، فوجدتها محكمة، فدخلت قصر الملك، فوجدت فيه جميع الأواني من الذهب والفضة، ثم رأيت الملك جالسًا وعنده حجابه ونوابه ووزرائه، وعليه من الملابس شيء يتحير فيه الفكر، فلما قربت من الملك وجدته جالسًا على كرسي مرصع بالدر والجواهر.. فيه كل درة تضيء كالنجمة، وعليه حلة مزركشة بالذهب. وحوله، يقف خمسون مملوكًا يرتدون من كل أنواع الحرير، وفي أيديهم السيوف مجردة. فلما نظرت لذلك، دهش عقلي، وتساءلت عن سبب مسخ كل هؤلاء في صورة حجارة سوداء. ثم مشيت حتى دخلت قاعة الحريم، فوجدت في حيطانها ستائر من الحرير ووجدت

الملكة جالسة، وعليها حلة مزركشة باللؤلؤ الرطب وعلى رأسها تاج مكلل بأنواع الجواهر. وفي عنقها قلائد من جواهر لم أراها من قبل، وجميع ما عليها من الملابس والمصاغ باقٍ على حاله، وهي ممسوخة حجر أسود.. ثم وجدت بابًا مفتوحًا فدخلته، فوجدت فيه سلمًا فيه سبع درجات، فصعدته، فرأيت مكانًا من رخام، مفروش بالبسط المذهبة ووجدت فيه سرير من المرمر مرصع بالدر والجواهر.. ورأيت نورًا لامعًا في عن حافة السرير فقصدته فوجدتها، جوهرة مضيئة في حجم بيض النعامة، على كرسي صغير، وهي تضيء كالشمعة، ونورها ساطع.. ومفروش على ذلك السرير من أنواع الحرير ما يحير الناظر. فلما نظرت إلى ذلك تعجبت غاية العجب. ثم رأيت في المكان شموعًا موقدة فقلت في نفسي:

- لابد أن أحدًا أوقد هذه الشموع.

ثم إني صرت أفتش في تلك الأماكن ونسيت نفسي مما أدهشني من التعجب من تلك الأحوال، واستغرق فكري إلى أن دخل الليل ولم أشعر بالوقت يمر، فأردت الخروج، فلم أعرف الباب وضللت طريقي عنه. فعدت إلى الجهة التي فيها الشموع الموقدة وجلست على السرير وتغطيت بلحاف، بعد أن قرأت شيئًا من القرآن، فلم أستطع النوم وسيطر علي القلق والأرق. فلما انتصف الليل سمعت تلاوة القرآن بصوت حسن رقيق، فالتفت إلى مصدر الصوت فرأيت غرفة بابها مفتوحًا. قمت من السرير وتسللت إلى الغرفة، ونظرت المكان فإذا هو معبد وفيه قناديل معلقة موقدة، وفيه سجادة مفروشة جالس عليها شاب حسن المنظر، فتعجبت.. وفكرت:

- كيف يكون هذا الشاب سالمًا دون أهل المدينة؟

فدخلت وسلمت عليه فرفع بصره في دهشة، ورد علي السلام.. فقلت له:

- أسألك بحق ما تتلوه من كتاب الله أن تجيبني عن سؤالي.

فتبسم عندما عرف أنني مسلمة، وقال:

- أخبريني أنت أولا عن كيفية دخولك هذا المكان، وأنا أخبرك بجواب ما تسألين عنه..

فأخبرته بحكايتي وكيف ضللنا طريق السفر وجئنا إلى هذا البلد بالصدفة، فتعجب من ذلك. ثم إنني سألته عن حكاية هذه المدينة، فأجلسني بجانبه، فنظرت إليه فإذا هو كالبدر، حسن الأوصاف، لين الأعطاف، بهي المنظر، رشيق القد، أسيل الخد، زهي الجنات. فنظرت إليه نظرة ثانية، فأعقبتني ألف حسرة، وأوقدت بقلبي كل جمرة وقد لان قلبي له، وودت ألا أفارقه، فقلت له:

- يا مولاي، أخبرني عما سألتك.

فقال:

- سمعًا وطاعة.

وقال الشاب:

- إن هذه المدينة هي مدينة والدي، وهو الملك الذي رأيته أنت على الكرسي ممسوخًا حجرًا. وأما الملكة التي رأيتها، فهي أمي.. وقد كانوا مجوسًا يعبدون النار

دون الملك الجبار. وكانوا يقسمون بالنار والنور والظل والخرور والفلك الذي يدور. وكان أبي لا ولد له، فرزق بي في آخر عمره. فرباني حتى نشأت، وكان عندنا عجوز طاعنة في السن مسلمة تؤمن بالله ورسوله في الباطن وتوافق أهلي في الظاهر. وكان أبي يحبها ويحترمها، لما رأى عليها من الأمانة والعفة وكان يكرمها ويزيد في إكرامها فقد كان يعتقد أنها على دينه. فلما كبرت، سلمني أبي إليها وقال:

- خذيه وربيه وعلميه أحوال ديننا، وأحسني تربيته وقومي بخدمته.

فأخذتني العجوز وعلمتني دين الإسلام من الطهارة والوضوء والصلاة وحفظتني القرآن.. فلما أتمت ذلك، قالت لي:

- يا ولدي، أكتم أمر دينك عن أبيك، ولا تعلمه به لئلا يقتلك..

فكتمته عنه. ولم أزل على هذا الحال مدة أيام، فماتت العجوز. وزاد أهل المدينة في كفرهم وعتوهم وضلالهم. فبينما هم على ما هم فيه، إذ سمعوا مناديًا ينادي بأعلى صوته مثل الرعد القاصف سمعه القريب والبعيد يقول:

- يا أهل المدينة، ارجعوا عن عبادة النار، واعبدوا الملك الجبار.

ففزع أهل المدينة وارتاعوا واجتمعوا عند أبي وهو ملك المدينة وسألوه:

- ما هذا الصوت المزعج الذي سمعناه فاندهشنا من شدة هوله؟؟

فقال لهم:

- لا يهولنكم الصوت، ولا يردعنكم عن دينكم.

فمالت قلوبهم إلى قول أبي ولم يزالوا مكبين على عبادة النار واستمروا على طغيانهم مدة سنة، حتى جاء ميعاد اليوم الذي الصوت الأول، فسمعوه ثانيًا، وانتفضت المدينة وهاج الناس، ولكن أبي أصر على موقفه ولم يحيد، فسمعوا الصوت ثلاث مرات، على ثلاث سنوات. في كل سنة مرة.. فلم يزالوا عاكفين على ما هم عليه حتى نزل عليهم المقت والسخط من السماء بعد طلوع الفجر، فمُسخوا حجارة سوداء، وكذلك دوابهم وأنعامهم ولم يسلم من أهل هذه المدينة غيري. ومن يوم ما حدثت هذه الحادثة، وأنا على هذه الحالة في صلاة وصيام وتلاوة قرآن. وقد يئست من الوحدة، وما عندي من يؤنس وحدتي فصرت أكلم الحجر وأنادم التماثيل. فعند ذلك قلت له:

- أيها الشاب، هل لك أن ترجع معي إلى مدينة بغداد فتعيش فيها وتحكي حكايتك للخليفة فيكرمك؟ وأكون أنا جاريتك، مع إني سيدة قومي، وحاكمة على رجال وخدم وغلمان، وعندي مركب مشحون بالمتجر؟؟ إنه النصيب في اجتماعنا.

ولم أزل أرغبه في المغادرة، حتى وافق أن يغادر. ففرحت فرحًا شديدًا، لأننا لن نفترق، فقد ملك قلبي، فنمت تلك الليلة تحت رجليه وأنا لا أصدق ما أنا فيه من الفرح والسرور. فلما أصبح الصباح، قمنا ودخلنا إلى الخزائن، وأخذنا ما خف حمله وغلا ثمنه، ونزلنا من القلعة إلى المدينة، فقابلنا العبيد والقبطان وهم يبحثون عني منذ الأمس، فلما رأوني فرحوا بي وسألوني عن سبب غيابي فأخبرتهم بما

رأيت وحكيت لهم قصة الشاب وسبب مسخ أهل هذه المدينة وما جرى لهم فتعجبوا من ذلك.
فلما رأتني أختاي، ومعي ذلك الشاب الجميل، حسدتاني عليه وصارتا في غيظ وأضمرتا لي المكر. ثم صعدنا إلى المركب وأنا بغاية الفرح، وأكثر فرحي بصحبة هذا الشاب، وأقمنا ننتظر الريح حتى طابت لنا الرياح فنشرنا القلوع، وأبحرنا.
فقعدت أختاي عندنا وصارت تتحدثان فقالتا لي:
- يا أختاه ماذا تصنعين بهذا الشاب الحسن؟
فقلت لهما:
- سأتزوجه عندما نصل بالسلامة غلى بغداد..
نظرت إليه ومحبته تملأ قلبي، ثم تفكرت في إمكانية حسد إخوتي لي وأنهما يمكن أن يكيدا لي الشر، فالتفت إلى أختي وقلت لهما:
- يا أختي العزيزتين، تذكرا ما فعلت معكما من كرم وإكرام، وزيادة في الإكرام، فإنه يكفيني هذا الشاب، وجميع هذه الأموال على المركب وهبتها لكما.
ففرحتا، وقبلتا يدي، وباركتا الزواج. وقالتا:
- والله نعم ما فعلت يا أختنا.
ولكنهما وبعد كل ما فعلت من أجلهما، أضمرتا لي الشر. ولم نزل سائرين مع اعتدال الريح حتى خرجنا من بحر الخوف ودخلنا بحر الأمان وسافرنا أيامًا قلائل إلى أن قربنا من مدينة البصرة ولاحت لنا أبنيتها، فأدركنا المساء، فلما نمنا، قامت أختاي وحملتاني أنا والشاب ورمتانا في البحر. فأما الشاب فإنه كان لا يحسن العوم، فغرق وكتبه الله عنده من الشهداء. وأما أنا فكنت من السالمين، فلما سقطت في البحر، رزقني الله بقطعة من خشب فركبتها، وضربتني الأمواج إلى أن رمتني على ساحل جزيرة..
فلم أزل أمشي في الجزيرة باقي ليلتي فلما أصبح الصباح رأيت طريقًا فيه آثار أقدام ابن آدم، وتلك الطريق متصلة من الجزيرة إلى البر، وقد سرت في الطريق، ولم أزل سائرة إلى أن اقتربت من المدينة، وإذا بحية تقصدني وخلفها ثعبان يريد هلاكها، وقد تدلى لسانها من شدة التعب. فأخذتني الشفقة عليها فأخذت حجرًا كبيرًا وألقيته على رأس الثعبان، فمات من وقته.. وهنا ظهر للحية جناحين، وطارت في الجو، فتعجبت من ذلك غاية العجب.. وكنت قد تعبت، فجلست في مكاني أفكر فيما حدث لي من غرق حبيبي، وخيانة أختي لي بعد أن أحسنت إليهما، فبكيت حتى نمت.. فلما أفقت وجدت عند قدمي جارية تدعك قدمي، فجلست واستحيت منها، وقلت لها:
- من أنت يا سيدتي؟؟ وما شانك؟؟
فقالت:
- ما أسرع ما نسيتني، أنت التي فعلت معي المعروف، وقتلت عدوي. فإني الحية التي خلصتها من الثعبان الجني، وهو عدوي.. وما نجاني منه ومن شر لعنته إلا أنت. فلما نجيتني منه طرت في الريح وذهبت إلى المركب التي رماك منها أختاك،

ونقلت جميع ما فيها إلى بيتك، وأحرقتها. وأما أختاك الملعونتان، فإني ســـحرتهما كلبتين من الكلاب السود. فقد عرفت جميع ما جرى لك معهما.

ثم حملتني أنا والكلبتين طارت ساعة وأنا لا استوعب ما يحدث لي، ولكنني شعرت أن ما حدث خير، وأن الله ســـيكافئني لأني لم أفعل شـــرًا في حياتي قط. ألقت بنا الجنية فوق ســطح داري، فرأيت كل ما كان في المركب من الأموال في وسـط بيتي، لم يضع منه شيء. ثم أن الحية الجنية قالت لي:

- وحق النقش الذي على خاتم سليمان، إذا لم تضربي كل واحدة منهما في كل يوم ثلاثمائة سوط، لآتين أجعلك مثلهما..

فقلت:

- سمعًا وطاعةً.

فلم أزل يا أمير المؤمنين أضربها ذلك الضرب كل يوم ثم أشفق عليهما وأبكي.

تعجب الخليفة من حكاية جسور غاية العجب، ونظر إلى الكلبتين وقال:

- والله إن حالكما رحمة لكما، ولو ان الأمر كان بيدي لأمرت مســـرور ليقطعكما إربًا إربًا على ما فعلتماه مع أختكما، يا خائنتين.. أما علمتما أن العدل قائم؟

# الفصل السادس: المقارع

سأل الخليفة الصبية خان قائلاً:

- وأنت، ما سبب الضرب الذي على جسدك؟؟

فقالت:

- يا أمير المؤمنين، إني كان لي والد مات وخلف لي مالاً كثيرًا. فبعد وفاته بزمن، تزوجت من رجل أسعد أهل زمانه، فأقمت معه سنة كاملة، ثم مات، فورثت عنه ثمانين ألف دينارًا. وذات يوم، وبينما أنا جالسـة في منزلي، إذ دخلت علي عجوز بوجه مسقوط وحاجب ممغوط وعيونها مفجرة وأسنانها مكسرة ومخاطها سائل وعنقها مائل. فلما دخلت العجوز قالت:

- يا مولاتي، علمت أن لك من الخير كثير، إن عندي بنتًا يتيمة والليلة أقيم عرسها. فاحضـري عرسـها، فأنها مكسورة الخاطر، ليس لها إلا الله تعالى، ولك الأجر والثواب.

ثم بكت، وقبلت رجلي، فأخذتني الرحمة والرأفة. فقلت:

- قومي يا سيدتي، سمعًا وطاعة..

فرحت العجوز وقالت:

- جهزي نفسك، فإني سآتيك عشاءً لآخذك إلى الحفل.

ثم قبلت يدي وذهبت.. فقمت وهيأت نفسي وجهزت حالي، وإذا بالعجوز قد أقبلت وقالت:

- يا سيدتي، أن سيدات البلد قد حضرن وأخبرتهن بحضورك ففرحن، وهن في انتظارك.

فقمت وتهيأت وأخذت معي خمسة جواري، وسـرت حتى أتينا إلى زقاق هب فيه النسيم وراق، فرأينا بوابة من الرخام مشيدة البنيان ووراءها قصـر قد قام من التراب وتعلق بالسـحاب، فلما وصـلنا إلى الباب طرقته العجوز، ففتح لنا ودخلنا فوجدنا دهليزًا، مفروشـا بالبسط، معلقا فيه قناديل موقدة، وشـموع مضيئة، وفيه الجواهر والمعادن معلقة، فمشـينا في الدهليز إلى أن دخلنا القاعة، فلم يوجد لها نظير مفروشة بالفراش الحرير معلقًا فيها القناديل الموقدة والشموع المضيئة. وفي صـدر القاعة، سـرير من المرمر مرصع بالدر والجوهر، وعليه ناموسـية من الأطلس، وإذا بصبية خرجت من الناموسية مثل القمر فقالت لي:

- مرحبًا وأهلاً وسهلاً يا أختي، آنستيني وجبرت خاطري وأنشدت تقول:

لو تعلم الدار من زارها فرحت واستبشرت ثم باست موضع القدم

وأعلنت بلسان الـحال قائلة أهلا وسهلا بأهل الجود والكرم

ثم جلست وأجلستني بجوارها، وأنا أتساءل عن كل ما يحدث، فقالت:

- يا أختي، أن لي أخًا وقد رآك في الأفراح، وهو شاب أحسن مني، وقد أحبك قلبه حبًا شـديدًا، وقد أعطى تلك العجوز دراهم حتى جاءتك ومثلت عليك الحيلة ليتم اجتماعه بك.

نظرت إليها في دهشة وضاقت عيناي، فقالت:

- يا أختي، إن أخي يرغب في أن يتزوج منك على سـنة الله ورسـوله، وما في الحلال من عيب.

فلما سمعت كلامها، ورأيت نفسي قد انحجزت في الدار، فقلت للصبية:

- سمعًا وطاعةً.

ففرحت الصـبية وصفقت بيدها وفتحت بابًا، فخرج منه شـاب مثل القمر كما قال الشاعر:

قد زاد حسنا تبارك الله جل الذي صاغه وسواه

قد حاز كل الجمال منفردا كل الورى في جماله تهواه

قد كتب الحسن فوق وجنتيه أشهد أن لا مليح إلا هو

فلما نظرت إليه، مال قلبي له، ثم سـلم علي وجلس إلى جواري. وإذا بالقاضـي قد دخل علينا، ومعه أربعة شـهود، فسـلموا وجلسـوا، ثم أنهم كتبوا كتابي على ذلك الشاب، وانصرفوا. فالتفت الشاب إلي وقال:

- ليلتنا مباركة.

ثم قال:

- يا سيدتي، إن لي عليك شرط.

فقلت:

- يا سيدي، وما الشرط؟

فقام، وأحضر لي مصحفًا، وقال:

- احلفي لي أنك لا تختاري ولا تميلي لأحدًا غيري.

فحلفت له على ذلك، ففرح فرحًا شـديدًا، وعانقني، فأخذت محبته بنياط قلبي. ثم قدموا لنا الطعام فأكلنا وشـربنا، حتى اكتفينا. فدخل علينا الليل، فأخذني ونام معي في الفراش، وبتنا في عناق حتى الصباح. ولم نزل على الحب والمودة مدة شهر، ونحن في هناء وسرور وبعد الشـهر، وذات صـباح، اسـتأذنته في أن أسـير إلى السـوق وأشـتري بعض القماش، فأذن لي، فلبسـت ثيابي، وأخذت العجوز معي، ونزلت إلى السوق. وذهبنا إلى دكان تاجر تعرفه العجوز، وقالت لي:

- هذا ولد صغير، مات أبوه، وخلف مالاً كثيرًا.

ثم قالت له:

- هات أحسن ما عندك من قماش لهذه الصبية.

رحب بنا الصبي، وزاد في الترحاب، وفقال لها:

- سمعًا وطاعةً يا سيدتي.

أخرج لنا الصـبي ما طلبناه، فانتقيت منه ما أعجبني وأخذته، وأعطيته الدراهم، فأبى أن يأخذ شيئًا. وقال:

- سأعطي سيدتي ما اختارت بلا مقابل.

فقلت للعجوز:

- إن لم يأخذ الدراهم، أعطه قماشه، فلا حاجة لنا بقماش مجاني.

فقال:

- والله لن آخذ مالا، والقماش ما هو إلا هدية مني في مقابل قبلة واحدة من السيدة الجميلة، فإنها عندي أحسن كل المال.

فقالت العجوز:

- ما الذي يضيرك من القبلة؟

ثم قالت:

- يا بنيتي، قد سمعت ما قال هذا الشاب، وما يصيبك شيء أخذ منك قبلة واحدة، فتأخذين القماش.

فقلت لها:

- ألا تعرفين أني حلفت يمين عظيمة؟

فقالت:

- دعيه يقبلك وأنت صامتة، فلا تقبليه.. ولا عليك شيء، وتأخذين هذه الدراهم.. وألحت في الأمر حتى سيطرت على فكري وشوشت على تفكيري، ورضيت بذلك. ثم إني غطيت عيني وداريت بطرف نقابي من الناس.. فوضع فمه تحت نقابي على خدي فما أن قبلني، حتى عضني عضة قوية، حتى قطع اللحم من خدي، فصرخت وانتفضت ثم غبت عن الوعي.. ثم أخذتني العجوز في حضنها. فلما أفقت، وجدت نفسي خارج الدكان، والدكان مقفولة والعجوز تظهر لي الحزن، ثم قالت لي:

- قومي بنا إلى البيت ومثلي الضعف، وأنا سآتيك بدواء تداوين به هذه العضة، فتبرئين سريعًا.

وبعد ساعة، قمت من مكاني وأنا في غاية الفكر واشتداد الخوف، فمشيت حتى وصلت إلى البيت، فأظهرت حالة المرض، وإذا بزوجي دخل علي وقال:

- ما الذي أصابك يا سيدتي في هذا الخروج؟

فقلت وأنا أحاول أن أخفي وجهي:

- إني مريضة ضعيفة.

فنظر إلي وقال لي:

- ما هذا الجرح الذي بخدك؟؟

فقلت:

- لما استأذنتك وخرجت في أول النهار لأشتري القماش، زاحمني جمل يحمل حطبًا، فشرط نقابي وجرح خدي كما ترى، فإن الطريق ضيق في هذه المدينة..

نظر إلي وربت على كتفي وقال:

- غدًا أذهب إلى الحاكم وأشكوا له، فيشنق كل حطاب معه جمل في المدينة.

فقلت:

- بالله عليك لا تتحمل خطيئة أحد، فإني ركبت حمارًا نفر بي، فوقعت على الأرض فصادفني عود فخدش خدي وجرحني.

فقال وقد بدأ الشك يساوره:

- غدًا أذهب لجعفر البرمكي وأحكي له الحكاية، فيقتل كل حمار في هذه المدينة.
فقلت:
- هل ستقتل الناس كلهم بسببي؟ وهذا الذي جرى لي بقضاء الله وقدره.
فقال غاضبًا:
- إذن، لابد من ذلك.
ونهض قائمًا، وصاح صيحةً عظيمةً، فانفتح الباب، وخرج منه سبعة عبيد سود، فسحبوني من فراشي، ورموني على الأرض في وسط الدار، ثم أمر زوجي عبدًا منهم أن يمسكني من أكتافي، ويجلس على رأسي وأمر الثاني أن يجلس على ركبتي ويمسك رجلي، وجاء الثالث وفي يده سيف، فقال:
- يا سيدي، أأضربها بالسيف، فأقسمها نصفين وكل واحد يأخذ قطعة يرميها في بحر فيأكلها السمك؟؟ إن هذا جزاء من يخون اليمين؟
قال زوجي للعبد:
- اضربها يا سعد.
فجرد السيف، وقال:
- اذكري الشهادتين.
ثم رفعت رأسي، ونظرت إلى حالي وكيف صرت في الذل بعد أن كنت عزيزة، فنزلت دموعي وبكيت أنشدت هذه الأبيات:
أقمتم فؤادي في الهوى وقعدتم واسهرتم جفني القريح ونمتم
ومنزلكم بين الفؤاد وناظري فلا القلب يسلوكم ولا الدمع يكتم
وعاهدتموني أن تقيموا على الوفا فلما تملكتم فؤادي غدرتم
ولم ترحموا وجدي بكم وتلهفي أأنتم صروف الحادثات أمنتم
سألتكم بالله أن مت فاكتبوا على لوح قبري أن هذا متيم
لعل شجيا عارفا لوعة الهوى يمر على قبر المحب فيرحم
فلما فرغت من شعري بكيت، فلما سمع الشعر ونظر إلى بكائي أزداد غيظًا على غيظه وأنشد هذين البيتين:
تركت حبيب القلب لاعن ملانة ولكن جنى ذنبًا يؤدي إلى الترك
إذا أرى شريكًا في المحبة بيننا وإيمان قلبي لا يميل إلى الشرك
فلما فرغ من شعره، بكيت واستعطفته. وإذا بالعجوز قد دخلت ورمت نفسها عند أقدام الشاب، وقبلتها، وقالت:
- يا ولدي، بحق تربيتي لك أن تعفو عن هذه الصبية، فإنها ما فعلت ذنبًا يوجب ذلك. وأنت شاب صغير، فأخاف عليك من دعائها عليك.
ثم بكت العجوز. ولم تزل تلح عليه حتى قال:
- قد عفوت عنها، ولكن لابد لي أن أترك فيها أثرًا يظهر عليها بقية عمرها.
ثم أمر العبيد، فجذبوني من ثيابي، وأحضر قضيبًا من فولاذ، ونزل به على جسدي بالضرب. وأنا أصرخ وأولول. ولم يزل يضربني على ظهري وجنبي حتى غبت عن الدنيا من شدة الضرب، وقد يئست من حياتي.. ثم أمر العبيد أنه إذا دخل الليل

يحملوني ويرموني في بيتي الذي كنت فيه ســـابقًا. ففعلوا ما أمرهم به ســـيدهم ورموني في بيتي، وأنا بين الحياة والموت.. فتعاهدت نفسي، وتداويت، فلما شفيت بقيت أضـلاعي كأنها مضـروبة بالمقارع، كما ترى.. فاستمريت في مداواة نفســي أربعة أشـــهر، حتى شـــفيت. ثم خرجت إلى الدار التي حدث لي فيها ذلك الأمر، فوجدتها خربة، ووجدت الزقاق مهدومًا من أوله إلى آخره. ووجدت في موقع الدار خرابة. ولم أعلم ســـبب ذلك، فجئت إلى أختي هذه التي من أمي، فوجدت عندها هاتين الكلبتين، فسلمت عليها وأخبرتها بخبري وكل ما حدث لي. فقالت لي:

- من ذا الذي سلم من نكبات الزمان. الحمد لله الذي أنهى الأمر بسلامة.

ثم أخبرتني بحكايتها وبجميع ما حدث لها من أختيها، وعشـــنا أنا وهي لا نذكر الزواج على ألسنتنا.. ثم أتتنا هذه الصبية الدلالة سمسم، في كل يوم، كانت تخرج فتشـــتري لنا ما نحتاج إليه من المصـــالح والحاجات. فوقع لنا ما وقع من مجيء الحمال والصعاليك ومن مجيئكم في صفة تجار، ولم نشعر إلا نحن بين يديك وهذه حكايتنا، فتعجب الخليفة من هذه الحكاية وجعلها تاريخها مثبتًا في خزانته وأمر أن تكتب هذه القصة في الدواوين ويجعلوها في خزانة الملك.

# الفصل السابع: أمير المؤمنين

قال هارون للصبية الأولى جسور:

- هل عندك خبر بالعفريتة التي سحرت أختيك؟

قالت:

- يا أمير المؤمنين، إنها أعطتني شيئًا من شعرها، وقالت لي:

- إن أردت حضوري، فاحرقي من هذا الشعر شيئًا، فأحضر إليك عاجلاً، ولو كنت خلف جبل قاف.

فقال الخليفة:

- أحضري لي الشعر فأحضرته جسور، فأخذه الخليفة، وأحرق منه شيئًا، فلما فاحت منه الرائحة، اهتز القصر وسمعوا دويًا وصلصلة. وإذا بالجنية حضرت، وكانت مسلمة فقالت:

- السلام عليك يا خليفة الله.

فقال الخليفة:

- وعليكم السلام ورحمة الله وبركاته.

فقالت:

- اعلم يا أمير المؤمنين أن هذه الصبية صنعت معي معروفًا، وأنا لا أقدر أن أكافئها عليه، فقد أنقذتني من الموت، وقتلت عدوي، ورأيت ما فعله معها أختاها، فما رأيت إلا أني أنتقم منهما فسحرتهما كلبتين، بعد أن أردت قتلهما، فخشيت أن يصعبا عليها. وإن أردت خلاصهما يا أمير المؤمنين، أخلصهما كرامةً لك ولها فإني من المسلمين.

فقال لها:

- أيتها الجنية الطيبة، بالله عليك، خلصيهما من محنتهما. وبعد ذلك، نشرع في أمر الصبية المضروبة، واتفحص عن حالها، فإذا ظهر لي صدقها، أخذت ثأرها ممن ظلمها..

فقالت العفريتة:

- يا أمير المؤمنين، أنا أدلك على من فعل هذا الفعل بهذه الصبية، وظلمها.. إنه أقرب الناس إليك. ثم أخذت العفريتة إناء فيه بعض الماء، وعزمت عليه، ورشت وجهي الكلبتين، وقالت لهما:

- عودا إلى صورتكما الأولى البشرية.

فتحولت الكلبتين إلى صبيتين سبحان خالقهما. وقفت الصبيتان تتحسسان جسديهما وتنظران إلى بعضهما وهما عاريتين، فأشار الخليفة فأوتيا ملابسًا فلبستا ووقفتا في ركن قصي.

قالت الجنية:

- يا أمير المؤمنين، إن الذي ضرب الصبية هو ولدك الأمين فإنه كان يسمع بحسنها وجمالها.

ثم حكت له العفريتة جميع ما حدث لخان فتعجب، وأمر بإحضار ولده الأمين بين يديه في الحال، وسأله عن قصة الصبية خان، فأخبره بالحق فأحضر، الخليفة القضاة والشهود والصعاليك الثلاثة، وأحضر الصبية الأولى جسور وأختيها اللتين كانتا مسحورتين في صورة كلبتين، وزوج الثلاثة للثلاثة الصعاليك الذين أخبروه أنهم كانوا ملوكًا، ثم عينهم حجابًا عنده وأعطاهم ما يحتاجون إليه وأنزلهم في قصر بغداد. ثم رد الصبية المضروبة خان إلى ولده الأمين، وأعطاها مالاً كثيرًا، وأمر أن تبنى الدار أحسن ما كانت..

ثم أن الخليفة تزوج بالدلالة سمسم، وبات في تلك الليلة معها. فلما أصبح أفرد لها بيتًا وجواري يخدمنها ورتب لها راتبًا، وشيد لها قصرًا، عاشت فيه بقية حياتها سعيدة..

# الفصل الثامن: التفاحة

ذات ليلة، قال الخليفة لجعفر ومسرور:

- أني أريد أن ننزل في هذه الليلة إلى المدينة، ونسأل عن أحوال الحكام والمتولين، وكل من شكا منه أحد عزلناه.

فقال جعفر ومسرور:

- نعم الرأي، سمعًا وطاعةً يا مولانا.

وساروا في المدينة ومشوا في الأسواق مروا بزقاق، فرأوا شيخًا كبيرًا على رأسه شبكة وفي يده عصا يمشي على مهل. فاقترب الخليفة منه وقال له:

- يا شيخ، ما حرفتك؟

قال:

- يا سيدي، أنا صياد، وعندي عائلة، وخرجت من بيتي قاصدًا الصيد من منتصف النهار إلى الآن، ولم يقسم الله لي شيئًا أقوت به عيالي. وقد كرهت نفسي وتمنيت الموت.

طأطأ الخليفة حزينًا على أحوال رعيته ثم رفع رأسه وقال له:

- هل لك أن ترجع معنا إلى البحر وتقف على الشاطئ وترمي شبكتك على حظي؟ وكل ما يطلع في الشبكة، اشتريته منك بمائة دينار.

ففرح الرجل لما سمع هذا الكلام، وقال:

- على رأسي أرجع معكم.

ثم رجع الصياد إلى البحر، ورمى شبكته وصبر عليها، ثم جذب الخيط وجر الشبكة إليه، فطلع في الشبكة صندوق مقفول ثقيل الوزن.. فلما نظر الخليفة، وجده ثقيلاً، فأعطى الصياد مائة دينار وانصرف.. وحمل مسرور الصندوق هو وجعفر وذهبا به مع الخليفة إلى القصر. ثم أوقدت الشموع، والصندوق بين يدي الخليفة، فتقدم جعفر ومسرور وكسرا قفل الصندوق، فوجدا فيه صبية مقتولة مقطعة الأطراف ودمائها متجلطة. فلما نظر ها الخليفة، جرت دموعه على خده والتفت إلى جعفر وقال صائحًا في غضب:

- يا كلب الوزراء، أيُقتل الناس في زمني، ويرمون في البحر ويصيرون متعلقين بذمتي؟ والله لابد أن أقتص لهذه الصبية ممن قتلها، وأقتله..

وقال لجعفر:

- وحق اتصال نسبي بالخلفاء من بني العباس، إن لم تأتني بالذي قتل هذه الصبية، لأصلبنك على باب قصري أنت وأربعين من بني عمومتك.

واغتاظ الملك، فقال جعفر وقد علم أنه في خطر:

- يا مولاي، أمهلني ثلاثة أيام.

قال الخليفة:

- لك ثلاث أيام.

ثم خرج جعفر من بين يديه ومشى في طرقات المدينة وهو حزين وقال في نفسه:

- كيف أعرف من قتل هذه الصبية حتى أحضره للخليفة؟ وإن أحضرت له غيره، يصير معلقا بذمتي. والله إني لا أدري ماذا أفعل.

ثم إن جعفر مكث في بيته ثلاثة أيام. وفي اليوم الرابع، أرسل له الخليفة يطلبه، فلما تمثل بين يديه قال الخليفة:

- أين قاتل الصبية يا وزير؟

قال جعفر في خوف:

- يا أمير المؤمنين، أنا لا أعلم الغيب حتى أعرف قاتلها.

فاغتاظ الخليفة وصاح فيه ثم أمر بصلبه على باب قصره، وأمر مناديًا ينادي في شوارع بغداد:

- من أراد أن يرى صلب جعفر البرمكي، وزير الخليفة، وصلب أولاد عمه على باب قصر الخليفة ليخرج ليرى ويعتبر.

فخرج الناس من جميع الحارات ليتفرجوا على صلب جعفر، وصلب أولاد عمه، ولم يعلموا سبب ذلك.. ثم أمر بنصب الخشب فنصبوه، وأوقفوهم أسفله لأجل الصلب، وصاروا ينتظرون الإذن من الخليفة.. وصار الناس يتباكون على جعفر وعلى أولاد عمه. فبينما هم كذلك وإذا بشاب حسن يمشي بين الناس مسرعًا إلى أن وقف بين يدي الوزير، وقال له:

- سلامتك من هذه الوقفة يا سيد الأمراء وكهف الفقراء، أنا الذي قتلت القتيلة التي وجدتموها في الصندوق، فاقتلني فيها واقتص مني.

فلما سمع جعفر كلام الشاب وما أبداه من الخطاب، فرح بنجاة نفسه، وحزن على ما سيصيب الشاب. فبينما هم في الكلام، وإذا بشيخ كبير ويمشي بين الناس بسرعة، إلى أن وصل إلى جعفر والشاب، فسلم عليهما، ثم قال:

- أيها الوزير، لا تصدق كلام هذا الشاب فإنه لم يقتل هذه الصبية إلا أنا، فاقتص لها مني.

فقال الشاب:

- أيها الوزير، إن هذا الشيخ كبير خرفان لا يدري ما يقول، وأنا الذي قتلتها، فاقتص مني.

فقال الشيخ:

- يا ولدي، أنت صغير تشتهي الدنيا، وأنا كبير شبعت من الدنيا. فأنا أفديك، وأفدي الوزير وبني عمه. وما قتل الصبية إلا أنا، فبالله عليك أن تعجل بالقصاص مني.

تعجب الوزير غاية العجب وأخذ الشاب والشيخ وذهب بهما إلى الخليفة، وفي قاعة العرش، قال جعفر:

- يا أمير المؤمنين، لقد حضر قاتل الصبية.

فقال الخليفة وقد تهللت أساريره:

- أين هو؟

فقال الوزير:

- إنه أحد هذين، فكل منهما يدعي على نفسه قتل الصبية.

فنظر الخليفة إلى الشيخ والشاب وقال:

- من منكما قتل هذه الصبية؟

فقال الشاب:

- ما قتلها إلا أنا..

وقال الشيخ:

- ما قتلها إلا أنا.

فقال الخليفة لجعفر في غضب:

- خذ الإثنين واصلبهما.

فقال جعفر مراجعًا الخليفة:

- يا مولاي، إذا كان القاتل واحد، فقتل الثاني ظلم.

فقال الشاب وقد بدأ في البكاء:

- وحق من رفع السماء، وبسط الأرض، أني أنا الذي قتلت الصبية وهذه أمارة قتلها.

ووصف الصندوق والوضع الذي كانت عليه القتيلة. فتحقق الخليفة أن الشاب هو الذي قتل الصبية، فتعجب الخليفة وقال:

- وما سبب إقرارك بالقتل؟ وقولك اقتصوا لها مني.

فقال الشاب:

- اعلم يا أمير المؤمنين أن هذه الصبية زوجتي وبنت عمي، وهذا الشيخ أبوها وهو عمي، وقد تزوجت بها وهي بكر، فرزقني الله منها ثلاثة أولاد ذكور، وقد كانت تحبني وتخدمني، ولم أر عليها شيئًا. فلما كان أول هذا الشهر مرضت مرضًا شديدًا، فأحضرت لها الأطباء، وواظبت على مداواتها، حتى اقتربت من الشفاء. فأردت أن أدخلها الحمام لتغتسل وتستكمل شفاءها، فقالت:

- إني أريد شيئًا قبل دخول الحمام، لأني أشتهيه.

فقلت لها:

- وما هو؟

فقالت:

- إني أشتهي تفاحة أشمها وأقضم منها قضمة.

فذهبت فورًا إلى أسواق المدينة، وفتشت على التفاح ولو كانت الواحدة بدينار، فلم أجده. فبت تلك الليلة وأنا أفكر من أين آتي بالتفاح؟؟ فلما أصبح الصباح خرجت من بيتي، ومررت على البساتين واحدًا بعد واحد، فلم أجد التفاح فيها. فصادفني فلاح شيخ، فسألته عن التفاح فقال:

- يا ولدي، التفاح شحيح في هذا البلد ولا يوجد منه إلا في بستان أمير المؤمنين الذي في البصرة. وهو عند فلاح يدخره للخليفة.

فجئت إلى زوجتي وقد حملتني محبتي إياها على أن هيأت نفسي وسافرت ثلاث أيام في الذهاب والإياب، وأتيت لها بثلاث تفاحات اشتريتها من فلاح البصرة بثلاثة دنانير ذهبية. ثم إني دخلت فرحًا مسرورًا، وناولتها التفاحات، فلم تفرح بها،

بل تركتها في جانبها، وكان مرض الحمى قد عاودها فأصبحت هزيلة، ولم تزل في ضعفها، إلى أن مضى لها عشرة أيام من التداوي، حتى تعافت. وذات صباح، خرجت من البيت، وذهبت إلى دكاني، وجلست في بيعي وشرائي. فبينما أنا جالس في وسط النهار، وإذا بعبد أسود مر علي وفي يده تفاحة، يلعب بها.. فتعجبت لأن المدينة كلها ليس فيها تفاحة، فقلت له:

- يا هذا.. من أين أتيت بهذه التفاحة؟

فضحك العبد وقال:

- أخذتها من حبيبتي، فأنا كنت غائبًا وجئت، فوجدتها ضعيفة وعندها ثلاث تفاحات.. قالت لي: إن زوجي الديوث سافر إلى البصرة ليحضر لي التفاح، فاشتراها بثلاثة دنانير.. فأخذت منها هذه التفاحة..

فلما سمعت كلام العبد يا أمير المؤمنين، اسودت الدنيا في وجهي، وقفلت دكاني أسرعت إلى البيت وأنا فاقد العقل من شدة الغيظ، دخلت البيت وبحثت عن التفاحات الثلاث، فوجدت تفاحتين، ولم أجد الثالثة. نظرت إلى زوجتي والغضب يسيطر على عقلي، فقلت لها:

- أين التفاحة الثالثة؟؟

فقالت بلا مبالاة:

- لا أدري، ولا أعرف أين ذهبت.

فتحققت من حكاية العبد. فقمت وأخذت سكينًا ودفعت زوجتي فارتطمت بالأرض، فأسرعت فجلست على صدرها، ونحرتها بالسكين.. ثم قطعت رأسها وأعضائها ووضعتها في الصندوق وأغلقته بإحكام، وحملتها على بغلتي، ورميتها في البحر بيدي. فبالله عليك يا أمير المؤمنين أن تعجل بقتلي قصاصًا لها، فإني خائف من مطالبتها يوم القيامة.. فإني لما رميتها في البحر، ولم يعلم بأمرها أحد، رجعت إلى البيت، فوجدت ولدي الكبير يبكي. ولم يكن له علم بما فعلت في أمه. فقلت له:

- ما يبكيك؟

فقال:

- لقد أخذت تفاحة من التفاح الذي عند أمي، ونزلت بها إلى الزقاق ألعب مع إخوتي، وإذا بعبد طويل خطفها مني وقال لي: من أين أتيت بهذه التفاحة؟؟ فقلت له: هذه سافر أبي وجاء بها من البصرة من أجل أمي، وهي ضعيفة.. وقد اشترى ثلاث تفاحات بثلاثة دنانير. فأخذها مني وضربني، ذهب بها.. فخفت من أمي أن تضربني، فلم أخبرها بشيء مما حدث.

اتسعت عيناي، ودارت الدنيا من حولي لما سمعت كلام الولد. وعلمت أن العبد هو الذي افترى الكلام الكذب على بنت عمي وزوجتي وحبيبتي التي نحرتها بيدي. وتحققت أنني قتلتها ظلمًا. ثم بكيت بكاءً شديدًا، وإذا بهذا الشيخ وهو عمي والدها قد أقبل، فأخبرته بما كان، فجلس بجانبي وبكى، ثم أقمنا العزاء خمسة أيام، ولم نزل إلى هذا اليوم ونحن نتأسف على قتلها. فبحرمة أجدادك أن تعجل بقتلي وتقتص مني.

فلما سمع الخليفة كلام الشاب، تعجب.. وقال:

- والله لا أقتلن إلا العبد الخبيث.. لأن الشاب معذور.

التفت الخليفة إلى جعفر، وقال له وقد استشاط غضبًا:

- أحضر لي هذا العبد الخبيث الذي كان سببًا في قتل هذه الصبية البريئة التي أحتسبها عند الله من الشهداء. وإن لم تحضره، فسأقتلك عوضًا عنه.

فنزل الوزير يبكي ويقول:

- من أين أحضره، ولا كل مرة تسلم الجرة.. وليس لي في هذا الأمر حيلة، والذي سـلمني في الأول يسـلمني في الثاني، والله لا أخرج من بيتي ثلاثة أيام، والحق سبحانه يفعل ما يشاء.

ثم أقام في بيته ثلاثة أيام، وفي اليوم الرابع، أوصى وصيته وودع أولاده، وبكى.. وإذا برسول الخليفة أتى إليه وقال له:

- إن أمير المؤمنين في أشد ما يكون من الغضب، ولقد أقسم أنه لا يمر هذا النهار، إلا وأنت مقتول، إن لم تحضر العبد المتهم في قضية الصبية المقتولة.

فلما سـمع جعفر هذا الكلام، بكى هو وأولاده. فلما فرغ من التوديع، تقدم إلى ابنته الصغيرة ليودعها، وكان يحبها أكثر من أولاده جميعًا، فضمها إلى صـدره وبكى على فراقها، فوجد في جيبها شيئًا، فقال لها:

- ما الذي في جيبك؟

فقالت له:

- يا أبت، إنها تفاحةٌ، جاء بها عبدنا ريحان.. ولها معي أربعة أيام. وما أعطاها لي حتى أخذ مني دينارين.

فلما سمع جعفر بذكر العبد والتفاحة، فرح وقال:

- يا قريب الفرج.

ثم أمر بإحضار العبد، فحضر فقال له:

- من أين هذه التفاحة؟

فقال:

- يا سيدي، منذ خمسة أيام، كنت ماشيًا، فدخلت في بعض أزقة المدينة، فنظرت صـغار يلعبون ومع واحد منهم هذه التفاحة، فخطفتها منه وضـربته، فبكى وقال: هذه لأمي وهي مريضة واشتهت على أبي تفاحًا فسـافر إلى البصرة وجاء لها بثلاث تفاحات بثلاث دنانير. فأخذت هذه التفاحة منه لألعب بها.. ثم بكى فلم ألتفت إليه.. وأخذتها إلى هنا، فأخذتها سيدتي الصغيرة بدينارين.

فلما سمع جعفر هذه القصة تعجب وفرح بنجاة نفسه، ثم أنشد هذين البيتين:

ومن كانت دريته بعبد فما للنفس تجعله فداها

فإنك واجد خدمًا كثيرًا ونفسك لم تجد نفسًا سواها

ثم أنه قبض على العبد، وذهب به إلى الخليفة، فأمر أن تؤرخ هذه الحكاية وتجعل سيرًا بين الناس..